LESTOFANTE MASCHERATO

UN DETECTIVE CON LE VIBRISSE
LIBRO 7

MOLLY FITZ

TRAMA

Di recente, la mia vita sembra perfetta: ho una splendida casa, l'attività in proprio dei miei sogni, un nuovo fidanzato fantastico e il gatto parlante più favoloso del mondo. Ma mai abbassare la guardia...

Anche se ho inaugurato da poco la mia agenzia investigativa privata, ho già un concorrente non esattamente leale. Si tratta del procione cleptomane che vive in una tana sotto il portico di casa nostra. Non ho dubbi sul fatto che derubi i suoi clienti, perché lo fa anche con i miei.

La situazione è passata da irritante a pericolosa quando ha trafugato una lettera dalla soffitta, un oggetto che sembra essere legato a oscuri segreti, e che potrebbe mettere seriamente nei guai la mia adorata nonnina. Ho bisogno di saperne di più, ma non sarà facile, considerando che l'interessata vive sotto il mio stesso tetto.

Posso fare affidamento su quel lestofante dalla coda ad anelli affinché mi aiuti in una faccenda così delicata? Purtroppo, non ho altra scelta.

NOTA DELL'AUTORE

Ciao e grazie per aver scelto questo libro! Anche a te piacciono i cozy mystery con una buona dose di umorismo? Allora saremo ottimi amici!

Cosa ne dici, intanto, di tenerci in contatto sulla mia pagina Facebook? L'ho creata appositamente per i miei fantastici lettori italiani. Vieni a trovarmi su www.facebook.com/raccontimiciosi

Insieme ci divertiremo tantissimo. Gira pagina... e inizia l'avventura!

Ti aspetto nel magico mondo dei gatti.

MOLLY

1

Ciao a tutti, sono Angie Russo e possiedo il cinquanta percento di un'agenzia investigativa privata qui nella bella Blueberry Bay, nello stato del Maine.

L'altra metà appartiene al mio gatto, Octavius, che ho soprannominato Gattavius per semplificare le cose. Potrebbe non sembrare che questo nomignolo faccia la differenza, ma fidatevi di me: ogni volta che dice a qualcuno il suo nome completo ne aggiunge un pezzo nuovo. L'ultima versione è Egregio Octavius Maxwell Ricardo Edmund Frederick Fulton Russo, detective privato.

Come dicevo, una roba impossibile da ricordare.

Anche lui a volte è proprio impossibile.

Anche se è, senza ombra di dubbio, il mio migliore amico, questo tigrato viziato ha un talento naturale per rendermi la vita difficile. Tanto per darvi un'idea: è stato rapito, convocato in tribunale per una domanda di arbitrato e, come se non bastasse, ha minacciato di morte la cagnolina appena arrivata a vivere con noi.

Vi ho già detto che tutto questo è accaduto nel giro di un mese?

Ma Gattavius è fatto così, prendere o lasciare.

Che lo si apprezzi o meno, non si può negare che sia un tipo davvero particolare, che non si cura del giudizio altrui.

E anche se è testardo come un mulo, di tanto in tanto anche lui cambia opinione.

Vogliamo parlare della cagnolina che abbiamo adottato? È una dolce chihuahua di nome Cachemire, che abbiamo preso al rifugio per animali di Glendale. A Cachemire Gattavius è piaciuto fin da subito, ma lui ci ha messo un po' ad affezionarsi a lei. Ora posso dichiarare con orgoglio che i due sono diventati ottimi amici. In effetti, uno degli hobby preferiti del mio gatto è pedinare il suo cane per poi balzargli addosso e gettarlo terra.

Sì, ho detto il *suo* cane. La situazione si è ribaltata fino a questo punto nelle ultime settimane.

Lasciate che vi spieghi: io e gli animali condividiamo la casa con mia nonna che, pur essendo colei che mi ha cresciuta, ora vive a casa mia. Ed entrambe viviamo a casa del mio gatto.

Già, perché Gattavius dispone di un conto fiduciario, e la sua rendita mensile è sufficientemente cospicua da coprire il mutuo della nostra lussuosa tenuta nel Maine, New England.

È un po' ridicolo, sono la prima ad ammetterlo. Ma, ehi! Quando la vita ti offre limoni, fai una bella limonata e bevitela di gusto!

A proposito delle opportunità offerte dalla vita, da circa sette settimane esco con il ragazzo dei miei sogni. Il suo nome è Charles Longfellow III, ed è il ragazzo dei miei sogni per ottime ragioni. Non solo è l'unico socio senior dello studio legale per cui lavoravo; è anche estremamente intelligente, gentile, premuroso, affascinante e ok, lo devo ammettere sexy.

Non che noi...

Ma passiamo oltre!

Riesco a parlare con il mio gatto. Forse avrei dovuto dirvelo prima, considerando che è la mia prerogativa più particolare.

Attualmente riesco a parlare anche con il mio cane, nonché con la maggior parte degli altri animali.

Per farla breve, ho preso la scossa da una macchina da caffè alla lettura di un testamento e, quando ho ripreso conoscenza, ho sentito Gattavius che si prendeva gioco di me. Quando si è reso conto che capivo ciò che diceva, mi ha reclutata per risolvere l'omicidio della sua ex proprietaria, e il resto è storia.

Da allora abbiamo compreso due cose: innanzi tutto che siamo un'ottima squadra investigativa; in secondo luogo che, nel bene e nel male, non possiamo fare a meno l'uno dell'altra. Di solito le cose vanno per il meglio, ma lui, di tanto in tanto, ha delle belle crisi isteriche—e io anche, lo ammetto.

Suppongo che questo ci porti dritti a ciò che è accaduto oggi.

Sono due mesi giusti che abbiamo aperto la nostra agenzia investigativa e in questo arco di tempo non abbiamo ancora avuto nemmeno un cliente. Zero assoluto. Perfino la mia nonnina, solitamente così ottimista, non riesce a trovare un lato positivo in questa situazione.

Nessuno vuole assumerci, e non capisco perché.

In città sono benvoluta e la gente non sa che parlo davvero con gli animali. Pensano che avere il mio gatto come socio sia una trovata pubblicitaria, e a me va benissimo così.

Ma sto iniziando a temere che non riceveremo mai nessun incarico.

Arriveremo al punto di dover rinunciare e cessare l'attività?

Gattavius è soddisfatto di trascorrere la maggior parte della giornata a sonnecchiare, ma io preferirei una vita un po' più movimentata. Ho perfino lasciato il mio precedente impiego di assistente legale per potermi dedicare a tempo pieno alle indagini, con la certezza che il lavoro non sarebbe mancato non appena avessimo aperto l'agenzia.

Già, mi sono sbagliata giusto un pochino.

Devo farmi venire in mente qualcosa, e in fretta, se voglio evitare che la mia neonata attività coli a picco ancor prima di cominciare. Ma come faccio a fidarmi del mio istinto dopo aver preso una tale cantonata?

Spero che Gattavius abbia una delle sue idee brillanti, e che si degni di riferirmela...

Dunque, era un mercoledì mattina e avevo trascorso buona parte degli ultimi due giorni a distribuire volantini a chiunque fosse disposto a prenderne uno —umano o animale che fosse.

In preda alla disperazione, mi ero spinta perfino a recarmi nei principali parcheggi di Glendale per infilare sotto i tergicristalli dei veicoli parcheggiati i foglietti colorati con le mie credenziali.

Ciò nonostante, nessuno aveva ancora chiamato per assegnarmi un incarico.

Neanche per sbaglio.

La nonna era uscita presto per un turno di volontariato: andava in giro per la città a raccogliere rifiuti. Avevamo concordato che il rifugio per animali, nonostante la necessità di volontari, non fosse il luogo migliore in cui manifestare la sua generosità e bontà di cuore; infatti, sapevamo entrambe che avrebbe finito per portarsi a casa ogni creaturina su cui avesse posato gli occhi.

Ma casa nostra era già al completo, grazie tante.

Me ne stavo seduta in soggiorno a bere Coca Light da una lattina. Ero ancora terrorizzata a morte dalla macchina da caffè, dato che l'ultima volta che ne avevo usata una avevo preso la scossa, e il tè non aveva lo stesso sapore senza la nonna a tenermi compagnia. Quindi dovevo accontentarmi.

Cachemire e Gattavius scorrazzavano per casa, in una partita ad acchiapparella, apparentemente senza fine, e io mi spremevo le meningi in cerca di un'idea che ci aiutasse a trovare dei clienti.

A un certo punto, si udì il ronzio della gattaiola elettronica, ed entrambi gli animali corsero fuori.

Sorrisi, guardandoli correre a zigzag sul prato. Ormai eravamo in autunno inoltrato e la maggior parte delle foglie dalle tonalità infuocate era già caduta dagli alberi. Anche se facevo del mio meglio per rastrellare di frequente, non era facile tenere in ordine, considerando che la tenuta era circondata su due lati da un fitto bosco.

Il vento sospingeva in continuazione nuove foglie in giardino.

Proprio come stava accadendo in quel momento.

Sospirai quando una raffica, tanto forte da riuscire quasi a vederla passare fra gli alberi, depositò quelli che dovevano essere almeno cinque grossi sacchi di foglie secche sul prato davanti alla casa. Foglie di ogni colore ricoprivano l'erba ingiallita—rosse, arancioni, gialle e... azzurre?

«Mammina! Mammina!» strillò Cachemire dal giardino. Mi alzai e partii di corsa. La dolce e ingenua chihuahua si spaventava con facilità, ma era anche estremamente vulnerabile a causa delle dimensioni ridotte. Non volevo correre il minimo rischio quando c'era in gioco la sua sicurezza, e anche la nonna e Gattavius erano della stessa opinione.

Uno di noi era sempre con lei quando si avventurava fuori casa.

Ma pur sapendo che c'era Gattavius a tenerla d'occhio, dovevo comunque accertarmi che non le fosse accaduto niente di brutto.

Quando uscii, trovai entrambi gli animali ad aspettarmi sotto il portico. Cachemire teneva tra le fauci un foglio di carta azzurro.

«Che cos'è?» chiesi, sfilandoglielo di bocca.

«È uno dei tuoi fogli, mammina!» strillò con orgoglio la cagnolina.

Lanciai un'occhiata al foglietto colorato che avevo in mano, poi al prato, dove decine – forse centinaia – di altri foglietti identici si erano mescolati alle foglie autunnali.

Aveva ragione. Era mio. Si trattava di uno dei volantini dell'agenzia investigativa che avevo scrupolosamente distribuito negli ultimi due giorni. Avevo utilizzato ogni singolo volantino che la nonna aveva stampato, ne ero certa.

E allora perché mi avevano seguita fino a casa?

Come era possibile?

La risata acuta proveniente da sotto al portico fu un buon indizio.

«Pringle!» strillai, pestando i piedi più forte che potevo per costringere il procione a uscire dalla tana.

Sapevo che era arrabbiato con me da quando gli avevo proibito di entrare in casa, ma addirittura sabotare la mia attività? Stavamo scherzando?

2

«Pringle! Fatti vedere!» strillai, pestando i piedi con tanta forza da percepire l'impatto del colpo fino ai polpacci. Cercavo di essere amichevole con gli animali che erano entrati a far parte della mia vita, di accettarli per quel che erano; ed era facile... la maggior parte delle volte...

Ma quel procione doveva aver deciso di farmi finire dritta in manicomio, con tanto di camicia di forza.

Continuavo a sentire la sua risata proveniente dal basso, ma non si degnò di rispondere al mio richiamo. Avevo una mezza idea di allargare il buco di accesso alla sua tana e infilarmici di persona, quando Gattavius intervenne in tono educato:

«Angela, non è così che si fa.» Percorse il bordo del portico con il naso e la coda ben sollevati. Qualunque cosa avesse in mente, ne era molto orgoglioso.

Smisi di sbattere i piedi e mi appoggiai una mano sul fianco, spalancando gli occhi in attesa che Gattavius mi illuminasse.

«Cachemire, ferma!» disse alla Chihuahua, poi trotterellò giù dalle scale e si avvicinò ai margini della tana seminascosta del procione. «Sir Pringle, ci concederebbe l'onore della sua presenza?»

Udii la voce del procione ancor prima di scorgerlo: «Al suo servizio, mio carissimo Octavius.»

Quando sbirciai dalla ringhiera, lo vidi rivolgere un profondo inchino al mio gatto. Per qualche motivo, il tigrato era il suo idolo. O almeno, quella era la scusa che utilizzava per rubare una gran quantità di oggetti che gli appartenevano. Non avevo ancora scoperto dove avesse imparato quelle pose da antico cavaliere, ma evidentemente quella messinscena gli piaceva un sacco.

Solitamente stavo al gioco, ma quel giorno ero troppo arrabbiata per stare alle sue regole che cambiavano di continuo.

«Che mi dici di questo?» chiesi, sventolando il volantino colorato.

Pringle mostrò i denti, irritato: «Non sono mica al tuo servizio ogni volta che ti fa comodo, sai.»

Gli mostrai i denti a mia volta, riuscendo a malapena a trattenermi dal lanciare un urlo per la frustrazione. Non avrei mai torto nemmeno un pelo a quella sua testaccia cleptomane, ma speravo che, se l'avessi minacciato, si sarebbe spaventato a sufficienza da rigare dritto.

«Auspico che rispondiate al quesito di questa onesta madamigella» intervenne nuovamente Gattavius. Oh, caspiterina! Dovevo ricordarmi di bloccare ogni canale che trasmettesse roba fantasy medievale, quando non ero lì a tenerlo d'occhio. Anche se mi rendevo conto che stava cercando di darmi una mano, tutta quella scena mi stava facendo venire un'emicrania lancinante.

Il procione salì di corsa i gradini che conducevano sotto al portico e mi strappò di mano il foglio: «Questo è mio!» disse, poi se lo infilò sotto l'ascella e tornò di corsa sul prato, fuori dalla mia portata.

Mi piazzai entrambe le mani sui fianchi e lo fissai stringendo gli occhi: «In realtà, è mio!»

«Chi lo trova se lo tiene.» Il sorriso che gli si dipinse sul muso era ancor più inquietante dell'atteggiamento aggressivo di poco prima.

«Cosa? No!» gridai. Proprio come io non gli avrei

mai fatto del male, sapevo che Pringle non mi avrebbe mai aggredita fisicamente. Ma in quel momento mi sentivo vittima di un'aggressione psicologica.

«Mammina, vuoi che rincorra quel grosso procione cattivo e lo cacci via?» Cachemire scodinzolava eccitata, senza staccare lo sguardo neanche per un istante dal ladruncolo mascherato.

«No, tesoro, non è necessario che tu...» Le parole mi si spensero in gola mentre guardavo Pringle immergersi tra le foglie che avevano appena invaso il prato e raccogliere tutti i volantini che trovava.

«In realtà...» dissi, cambiando idea all'improvviso. «Fai pure!»

La minuscola cagnolina tricolore partì veloce come un razzo, abbaiando a pieni polmoni: «Ehi, tu! Non permetterti di fare arrabbiare la mia mammina!»

Pringle si abbassò sulle quattro zampe e scosse il capo: «Richiama il tuo segugio. Discutiamone da esseri civili, dato che so per certo che almeno uno di noi lo è.»

Cachemire percorse un ampio cerchio sul prato, poi tornò al mio fianco: «È ancora lì» disse imbronciata. Ma subito si rallegrò: «Posso riprovarci, mammina?»

Le sorrisi e mi chinai ad accarezzare la sua

pelliccia soffice: «Hai fatto un ottimo lavoro. Grazie.»
Mi risollevai e marciai verso Pringle: «Ok, sentiamo.
Perché hai preso tutti i miei volantini?»

«Perché sono carini» spiegò il procione, stringendosi al petto la scomposta pila di fogli. «Mi piacciono le cose carine.»

«Ma non erano qui. Li ho distribuiti in tutta la città. Come diavolo hai fatto a...?»

Lui fece spallucce: «Ho scroccato un passaggio. Anche a me piace andare all'avventura, qualche volta, sai? Sarebbe stato meglio se non avessi dovuto autoinvitarmi, ma dato che tu non ci pensi mai...» Si strinse nelle spalle di nuovo. Se non avevo visto male, gli stavano salendo le lacrime nei grandi occhi neri. Era strano come, talvolta, i miei amici animali sembrassero assai più umani di molta gente che conoscevo.

«Mi dispiace aver ferito i tuoi sentimenti.» Mi accovacciai per guardarlo negli occhi. «Ma non sapevo che volevi venire anche tu.»

«Certo che volevo!» gridò. «»Mi piacciono le avventure, come a qualunque animale del bosco, sai?»

Decisi di tralasciare il fatto che distribuire volantini alla disperata ricerca di clienti non era esattamente definibile *avventura*. «Sai cosa ti dico? La prossima volta inviteremo anche te. Affare fatto?»

Beh, magari quella ancora dopo, così avrei avuto il tempo di darmi una calmata. A causa sua avevo sprecato una giornata e mezza di duro lavoro, quando avrei potuto dargli tutta la carta colorata che voleva, se solo me l'avesse chiesta.

Pringle scosse il capo e mi lanciò un'occhiata sospettosa: «Non proprio.»

Attesi; mi rifiutavo di gettare altra benzina sul fuoco delle sue sceneggiate. Bastavano e avanzavano quelle di Gattavius, che preferivo di gran lunga al fastidioso procione, che si era rivelato, nel migliore dei casi, un nemico-amico.

Pringle sospirò: «Mi tengo questi bei fogliettini.»

«A che cosa potranno mai servirti?» chiesi con un gemito.

«Mi sto dedicando all'arte degli origami, e questi saranno perfetti.» Sollevò il naso talmente tanto che non gli vedevo altro che il mento; poi se ne tornò dritto nella sua tana sotterranea.

Come faceva anche solo a sapere dell'esistenza degli origami?

E a saperne abbastanza da cimentarvisi?

Che bizzarra creatura!

«Hai visto, mammina?! L'ho spaventato e l'ho messo in fuga!» Cachemire se ne stava seduta orgogliosamente sul bordo del portico, scodinzolando per l'eccitazione con tanta energia che non ebbi il coraggio di dirle che era stato lui a farsi gioco di noi, e non noi a esserci liberate di lui.

«Quel tipo...» Gattavius si sedette accanto alla chihuahua. «Se la tira davvero troppo.»

Non avrei potuto essere più d'accordo, ma per il momento ero stufa di parlare del furfante mascherato. Avevamo cose ben più importanti da fare.

«Venite, voi due» dissi con un sospiro. «A quanto pare, ci dobbiamo far venire in mente un nuovo piano per farci pubblicità.»

Mentre rientravamo tutti e tre in casa, sentii rinascere la determinazione. La mia agenzia investigativa avrebbe avuto successo o sarebbe fallita esclusivamente in base ai propri meriti. Non avrei permesso che un procione egocentrico, con assurde manie di grandezza, si frapponesse fra me e quello che ero certa fosse il mio ruolo in questo mondo—o almeno nel mio angolino di mondo.

«Conosco quello sguardo» disse Gattavius con un sorriso a trentadue denti che ne mise in mostra i canini appuntiti. «Nessuno può mettere Angie in un angolo!»

Sbuffai a quelle parole, immaginandomi nel celebre classico degli anni Ottanta di fronte a Patrick Swayze. Mentre un tempo guardava solo *Law &*

Order, di recente Gattavius aveva ampliato grande-
mente la propria conoscenza in ambito cinematogra-
fico e televisivo, in gran parte grazie alla nonna.

Tuttavia, anche se apprezzavo il suo sostegno, era
proprio ora che iniziassi a limitare il tempo che
trascorreva davanti alla TV.

3

ome si scoprì, il mio gatto non era l'unico a guardare troppa televisione in quel periodo. In genere, la nonna trascorreva buona parte della mattinata in cucina, a preparare le pietanze per la giornata e a sfornare senza sosta succulenti dolcetti con cui accompagnare il tè. Quel giorno, però, la cucina era vuota, immacolata e totalmente abbandonata.

«Nonna?» Riecheggiando nella tenuta vuota, la mia voce risuonò fastidiosamente alta.

Non avendo ricevuto risposta, mi precipitai in garage per vedere se la sua lussuosa auto sportiva fosse ancora parcheggiata all'interno. Spesso la nonna usciva dopo pranzo per i turni di volontariato o per uno dei tanti corsi che seguiva, ma di solito mi avvertiva prima di andarsene. D'altro canto, se fosse uscita presto, l'avrei vista dalla mia postazione sotto il portico.

Trovai la sua auto in garage, proprio dove mi aspettavo che fosse.

Ma allora dov'era finita?

Cachemire si sollevò sulle zampette posteriori e mi diede dei colpetti sulla gamba con le minuscole unghie: «Percepisco il suo odore poco lontano da qui. Vuoi che ti mostri dov'è?»

Annuii, e subito la cagnolina schizzò su per le scale e iniziò a grattare alla porta di una delle camere da letto inutilizzate.

«Nonna?» chiamai cautamente prima di aprire la porta.

Cachemire si precipitò dentro prima di me, mentre Gattavius fece il suo ingresso di soppiatto subito dopo.

Tuttavia, non c'era traccia della nonna.

«Cachemire, sei certa che sia qui?» chiesi. Iniziavo a preoccuparmi sul serio.

«Eccome! Lì sopra!» La chihuahua corse verso l'armadio e iniziò a saltare facendo goffe capriole laterali; non si fermò finché, guardando verso l'alto, notai che la botola che conduceva in soffitta era aperta.

Piegai la testa per cercare di sbirciare all'interno: «Nonna?»

Lei apparve in una nuvola di polvere. Indossava un vivace foulard di seta con una stampa a emoji e un paio di occhiali da sole *cat-eye*, presumibilmente per proteggersi da tutta quella sporcizia fluttuante. «Oh, ciao, tesoro.»

«Che cosa ci fai lassù?» chiesi, preoccupata esattamente quanto prima per averla trovata in una situazione potenzialmente rischiosa. «Come hai fatto a salire fin là?»

«Stavo solo dando una riordinata veloce. Ho iniziato dalla mia camera da letto, ma quando ho finito non avevo ancora la minima intenzione di concludere la missione per oggi.» Si voltò e sparì alla vista.

«Quale missione?» le gridai dietro.

«Non sapevo che avessimo una soffitta» commentò Gattavius. Il tigrato si acquattò scuotendo il posteriore, poi spiccò un balzo verso la botola.

Ne sfiorò i bordi con le zampe anteriori, ma non riuscì a fare presa e ricadde goffamente a terra.

«Ahia» gemette.

«Ti sei fatto male?» gli chiesi, cercando di accarezzarlo per consolarlo.

Lui sussultò e sgattaiolò fuori dalla mia portata:

«Il mio povero orgoglio!» piagnucolò. «Ma che razza di gatto è mai uno che sbaglia mira a questo modo? Ohi, ohi.»

«Oh, amico mio. Posso darti un bacino dove ti fa bua?» gli chiese Cachemire, leccandosi le labbra speranzosa.

«Oltre al danno, la beffa» borbottò lui.

Entrambi corsero fuori dalla stanza, lasciandomi lì, con la nonna che passeggiava da qualche parte sopra la mia testa.

«Nonna?» la chiamai di nuovo. «Che stai facendo lassù?»

Tornò a sporgersi dalla botola, rise e scosse il capo, come se fosse del tutto ovvio: «Ma che domande! Missione Marie Kondo, mi sembra evidente!»

«Marie Kon—Aspetta... Ha a che fare con quel libro di cui si sente tanto parlare?» Se la memoria non mi ingannava, internet pullulava di meme in proposito.

La nonna fece una smorfia: «Un libro? Mmm, beh, non ne so niente. Ma c'è un programma su Netflix. Ieri mi sono vista tutta la prima stagione. Spero che ne facciano presto una seconda.»

Ero sicura che tutto fosse partito da un libro, ma decisi di tenere la bocca chiusa.

Le si illuminarono gli occhi mentre spiegava: «Si tratta del nuovo Feng Shui. Lo fanno tutti. Se un oggetto non ti suscita gioia, non ha ragione di rimanere in casa. Divertente, no?»

«Sì... molto divertente» mormorai. La casa in cui abitavamo era talmente grande che i nostri mobili e oggetti ne occupavano appena una piccola parte. Certe volte avevo la sensazione di vivere in un museo, per via di tutti i pezzi di antiquariato di cui eravamo entrate in possesso insieme alla tenuta. Avremmo avuto bisogno di più oggetti per conferirle un tocco personale, non meno.

«Allora, vieni su tu o vengo giù io?» La nonna piegò la testa di lato, in un modo che mi ricordò tantissimo la sua degna amica chihuahua: «Sai cosa ti dico? Scendo io.»

Si infilò con gesti rapidi nella botola e si lasciò cadere, atterrando direttamente sul pavimento ricoperto di moquette. Le ginocchia le si piegarono al momento dell'impatto, e temetti che si fosse rotta qualche osso.

Mi precipitai al suo fianco e l'aiutai a raddrizzarsi: «Accidenti! Nonna! Va tutto bene?»

«Certo che sì. Per chi mi prendi? Per una vecchia ciabatta?»

Le tremavano sia le ginocchia che la voce, ma

sorprendentemente non si era fatta nulla. Mica come Gattavius e il suo povero orgoglio ferito.

Per cosa la prendevo? Per una donna che aveva passato i settanta, ecco cosa! Ma decisi di non insistere, dato che sembrava stare meglio di me. Forse un giorno sarei stata in forma quanto lei, ma ne dubitavo parecchio—anche tenendo conto del fatto che lei sembrava essere metà ninja e metà Betty Crocker, la regina della cucina.

«Fammi un favore, perché sai che mi preoccupo per te» la pregai. «La prossima volta che vuoi andare in soffitta, chiamami. O prendi almeno una sedia!»

Congedò le mie preoccupazioni con un gesto sprezzante della mano: «Non c'è nulla di cui preoccuparsi. E comunque, per il momento ho finito.»

«Hai buttato via molta roba?» chiesi, notando solo in quel momento i due grossi sacchi della spazzatura che troneggiavano di fianco all'armadio.

«Abbastanza. E tu che cos'hai fatto stamattina?»

Le raccontai dei volantini ricomparsi nel giardino di casa e della discussione con Pringle, per concludere con la parte più incredibile di quella faccenda: «E senti qua: dice che gli servono per fare gli origami!» sbottai.

«Oh, bene» disse la nonna con un vigoroso cenno

di assenso. «Temevo che non avrebbe trovato nulla con cui realizzarli.»

«Aspetta. Vuoi dire che sei stata tu a convertirlo all'arte giapponese della piegatura della carta?» Chissà perché, la cosa non mi sorprendeva minimamente.

Lei fece spallucce: «Avevo un vecchio libro. Non mi suscitava più alcuna gioia, mentre sembrava suscitarne parecchia al nostro amico procione, così gliel'ho regalato.»

«Ma... un libro? Pringle sa leggere?» Com'era possibile che lui sapesse leggere se nemmeno Gattavius, che viveva molto più a stretto contatto con gli umani, riusciva a farlo?

La nonna fece una risatina: «Beh, questo dovrai chiederlo a lui, tesoro, non a me.»

Alzai gli occhi al cielo ed esalai un profondo e rumoroso sospiro.

«Su, su, non è il caso di essere scortese» mi rimproverò la nonna, dirigendosi verso la porta.

La seguii giù per le scale, fino in cucina. «Scusami. Non volevo prendermela con te. È solo che sto facendo di tutto per trovare dei clienti per l'agenzia investigativa, ma sembra che nessuna delle mie idee funzioni.»

«Oh, hai bisogno di clienti?» La nonna sollevò un

sopracciglio e mi guardò, mentre riempiva il bollitore con l'acqua del rubinetto.

«Certo che sì. Abbiamo aperto da due mesi e non si è ancora presentato nessuno a chiedere il nostro aiuto.» Tanto per restare in tema di cose deprimenti.

La nonna appoggiò il bollitore sul fornello, poi si voltò verso di me con un sorriso che le andava da un orecchio all'altro: «Beh, perché non me lo hai detto prima? Si dà il caso che conosca qualcuno che ha un disperato bisogno dei vostri servizi.»

«Che cosa?» sussultai. «E perché non me lo hai detto?»

La nonna mi colpì scherzosamente con un canovaccio: «Ora datti una calmata. Sono venuta a saperlo solo ieri, e in quel momento avevo già un bel po' da fare.»

Giusto: per la missione Marie Kondo. Le rivolsi un sorriso rassicurante. Pur essendo la persona che amavo di più al mondo, a volte i suoi giri di parole e i modi contorti di arrivare al punto erano piuttosto frustranti.

«Bene» aggiunsi, dopo un silenzio protrattosi per oltre un minuto. «Di chi si tratta?»

La nonna incrociò le braccia sul petto e si voltò dall'altro lato: «Prima esigo delle scuse. Te la sei presa come me due volte nel giro di cinque minuti.»

«Mi dispiace.» Lo pensavo davvero. Amavo anche le stranezze della nonna e non l'avrei scambiata neanche per tutto l'oro del mondo. Pur con tutti i suoi difetti, era pur sempre la mia migliore amica, nonché il mio mito.

Appena ebbi pronunciato quelle parole, lei si girò di nuovo verso di me per la grande rivelazione: «Preferisco che sia una sorpresa, ma inviterò a cena la tua futura cliente, in modo che possa raccontarti lei stessa tutti i dettagli. Sono piuttosto certa che ti assumerà.»

«Grazie, nonna!» canticchiai, avvolgendola in un forte abbraccio. Alla fine della fiera non aveva importanza che facesse la furbetta e si tenesse i dettagli per sé. Mi aveva trovato un cliente, per davvero!

Finalmente, le cose iniziavano a girare per il verso giusto per *La detective che parla con gli animali.*

4

Quando il campanello iniziò a suonare un'allegra versione di YMCA dei Village People, fui certa di due cose: che la mia prima cliente era finalmente arrivata e che la nonna aveva deciso di divertirsi un po' a mie spese.

Lei, ovviamente, si era rifiutata di rivelarmi qualsiasi informazione pertinente al caso e alla persona in questione, per non offuscare il mio giudizio—almeno, così aveva detto. Ma, secondo me, trovava semplicemente che così fosse più divertente—almeno per lei.

Così, quando aprii la porta e mi trovai davanti Julie, la postina, fui colta completamente di sorpresa. «Julie, salve! Come va?» chiesi cautamente, incerta se fosse davvero lei la cliente o se avesse soltanto della porta urgente da consegnare.

«Potrebbe sicuramente andare meglio.» La donna, di solito sempre sorridente, se ne stava sotto il portico con aria incerta, la preoccupazione che traspariva chiaramente dai lineamenti angelici. Torcendosi le mani, emise un profondo sospiro.

«Invita almeno la nostra ospite ad accomodarsi!» trillò la nonna mentre scendeva gli ultimi gradini della scalinata. Non l'avevo nemmeno sentita avvicinarsi. Ve l'ho detto che è per metà ninja!

«Grazie, Dorothy.» Julie annuì ed entrò nell'ingresso, dove rimase in piedi, imbarazzata. Era una delle poche persone in città a conoscere e utilizzare il nome di battesimo della nonna, anziché chiamarla semplicemente 'nonna' come piaceva a lei.

«Beh, ora vi lascio, così potrete parlare di affari in privato.» Si voltò e si allontanò, le anche che ondeggiavano, mentre si dirigeva in cucina.

«Oh!» piagnucolò voltandosi a guardarci quando era già a metà della stanza. «Fammi un favore, porta con te il gatto. Ha preso la brutta abitudine di starmi sempre in mezzo ai piedi mentre cucino.» Fece una pausa, aprì la bocca e mi fece l'occhiolino in modo talmente plateale ed esagerato che non era possibile che Julie non se ne accorgesse.

Gattavius emise un basso verso mentre saltava sul primo gradino della scalinata: «Solo perché lei non capisce ciò che dico, non significa che *io* non capisca *lei*. Non è stato affatto carino da parte sua.»

Avrei voluto consolarlo, ma non potevo proprio, con Julie che ci osservava attentamente. «Andiamo nel mio ufficio» dissi invece.

Quella che, al nostro arrivo alla tenuta, era stata una semplice camera per gli ospiti, ora era la mia stanza preferita in assoluto. Brock Calhoun che ora si faceva chiamare semplicemente Cal aveva fatto un ottimo lavoro, trasformando quello spazio in un'elegante biblioteca, perfetta anche come lussuoso ufficio. La ciliegina sulla torta era la comoda seduta del bovindo, di quasi due metri, affacciata sul giardino sul retro della proprietà. Gli alti soffitti a volta, l'antico lampadario di cristallo e le due pareti interamente coperte di scaffali realizzati su misura e pieni di libri conferivano ulteriore fascino alla stanza.

«Wow!» sussurrò Julie, ammirata, dopo aver osservato tutto con attenzione. «Scommetto che non vorresti mai uscire di qui.»

«In effetti, se potessi non me ne andrei mai» dissi in tono amichevole, anche se non era del tutto vero. Certo, trascorrevo svariate ore la settimana a leggere nella mia biblioteca privata, ma il fatto di non riuscire ad attirare clienti per sfruttarla anche come ufficio mi deprimeva; così, la maggior parte dei giorni, trovavo più semplice restarmene a leggere in camera da letto, piuttosto che affrontare di petto la mia evidente inadeguatezza come libera professionista.

Beh, ora le cose stavano per cambiare grazie alla santa donna che avevo davanti.

«La nonna mi ha detto che hai un caso su cui indagare» esordii, dopo che Julie si fu accomodata sulla *chaise-longue* in pelle situata di fronte all'ampia scrivania in noce. Io presi posto accanto a lei, rinunciando alla poltrona girevole da ufficio. «Allora, raccontami tutto.»

Gattavius camminava lungo il perimetro della stanza, cercando senza riuscirci di comportarsi con naturalezza. Avrei dovuto fargli un bel discorsetto in proposito.

«È così.» Julie lanciò un'occhiata al tigrato, poi tornò a rivolgersi a me e si schiarì la gola. «Nelle ultime due settimane, dei vandali hanno distrutto le cassette della posta lungo la tratta che percorro. Inoltre, certe lettere che ero certa di aver consegnato sono state segnalate come mai recapitate. So di non aver commesso errori, ma sono in grossi guai al lavoro. I miei superiori pensano che sia colpa mia e hanno già minacciato di farmi prendere un congedo forzato o di ridurmi la paga per coprire le spese per la sostituzione delle cassette postali.»

Mi chinai in avanti e le appoggiai una mano sul ginocchio per consolarla: «Ma è terribile!»

Se volevo diventare una brava detective privata, creare un buon rapporto con i clienti era altrettanto importante che avere buone capacità investigative. Per fortuna, Julie mi era sempre piaciuta molto, e la consideravo una cara conoscente, se non proprio un'amica.

Perfino Gattavius sembrava commosso dalla sua storia. Smise di fare avanti e indietro e saltò di fianco a lei sulla *chaise-longue*, poi le strofinò la testolina contro la mano per invitarla ad accarezzarlo.

«Ma che gattino dolce!» commentò Julie. Tanto bastò per farlo schizzare via alla stessa velocità con cui era arrivato. Nessuno poteva chiamarlo 'gattino' e passarla liscia. La nostra ospite poteva ritendersi fortunata che, in quel momento, il tigrato fosse sufficientemente di buon umore da non assestarle un sonoro graffio.

Entrambe osservammo il felino accoccolarsi sulla seduta accanto al bovindo e lanciarci un'occhiataccia dall'altro lato della stanza.

«Quindi dobbiamo scoprire chi ha sottratto la

posta e danneggiato le cassette postali, in modo che non incolpino te» riassunsi.

Julie annuì in modo energico, poi si accigliò: «Sì, sarebbe fantastico. Ma se non vorrete aiutarmi, lo capirò.»

«Perché mai non dovremmo?» Mi mancò il respiro mentre aspettavo che rispondesse.

Julie chinò mestamente il capo e una lacrima solitaria le scese lungo il volto e le cadde in grembo: «Non posso pagarvi per il lavoro. Da quando le ragazze vanno al college, il mio stipendio basta a malapena a coprire le spese essenziali, e anche così non faccio che accumulare debiti. Non posso permettermi di perdere il lavoro, ma nemmeno di pagarvi affinché mi aiutate.»

«Si aspetta che lavoriamo gratis?» soffiò Gattavius, sdegnato. «Bene, avanti il prossimo! Può andare, signora!»

Gli lanciai uno sguardo truce, poi mi rivolsi alla postina con un sorriso: «Va bene così. Siamo lieti di aiutarti.»

Julie sollevò il capo per guardarmi negli occhi, l'ombra di un sorriso che le incurvava leggermente le labbra: «Ne sei certa? So che ti sto chiedendo tanto. In realtà non l'avrei mai fatto, ma Dorothy ha insistito, e—»

Sollevai una mano per interromperla: «Sicurissima.»

«No, no, no» sbottò Gattavius, mettendo il broncio. «Chi mai lavorerebbe gratis? Siamo forse un ente benefico? Pensavo che stessimo facendo sul serio qui.»

Scossi il capo. Certe volte era davvero difficile non rispondergli davanti a chi non era a conoscenza del nostro segreto.

«Sicurissima» ribadii, tenendo per tutto il tempo gli occhi fissi sul tigrato infuriato.

Fu così che, dopo appena un quarto d'ora, la riunione con Julie giunse al termine. «Ora devo andare» disse lei, alzandosi in piedi e porgendomi la mano affinché la stringessi. «Grazie mille per aver accettato di aiutarmi. Prometto che troverò un modo per ripagarvi prima o poi.»

«Sarà meglio per te!» sbottò Gattavius.

«Non c'è problema» dissi con un sorriso rassicurante, nel tentativo di controbilanciare l'evidente agitazione del felino. «La nostra agenzia investigativa è agli esordi, e fare un po' di pratica non può farci che bene. Siamo lieti di avere un'occasione per metterci alla prova e affinare ulteriormente le nostre capacità.»

Julie emise un sospiro malinconico: «È davvero

bello che tu e Dorothy vi siate imbarcate in questa avventura insieme. Spero che un giorno, quando le mie figlie avranno superato almeno in parte la fase di ribellione adolescenziale, vorranno condividere con me anche solo la metà di ciò che tu condividi con lei.»

Risi: «In realtà la nonna non lavora per l'agenzia investigativa, però ci piace molto trascorrere del tempo insieme. Sono certa che anche le tue figlie presto ricominceranno ad apprezzarlo.»

«Dorothy non è la tua socia? Allora a chi ti riferisci quando dici 'noi'?»

«Ehm, ecco...» incespicai. "È più tipo un plurale majestatis. L'investigatrice sono io, ma mi rivolgo a degli esperti esterni, ove necessario.» Sperai che non avesse notato che, per l'agitazione, ero quasi inciampata, e per miracolo non ero caduta dalle scale.

Dovevo smetterla di usare il noi per riferirmi a me e Gattavius quando parlavo con gli altri: anche una semplice frase, detta senza pensarci, avrebbe potuto finire per mettere a repentaglio il mio segreto. Tra l'altro, essendo una persona che svelava segreti per guadagnarsi da vivere per lo meno in teoria avrei dovuto essere un po' più brava a nasconderli— sempre in linea *molto* teorica.

«Plurale majestatis, come no» sogghignò il mio gatto, seguendoci giù per le scale.

«Dorothy ha il mio numero» disse Julie, soffermandosi accanto alla porta. «Grazie ancora per l'aiuto.»

«Avete già finito?» chiese la nonna, spuntando fuori all'improvviso e strofinandosi le mani sul bordo di un eccentrico grembiule a pois rosa.

«Con Angie che si occupa del caso, sono in buone mani. Grazie per avermi convinta a venire.»

La nonna sorrise, sprizzando orgoglio da tutti i pori: «Ne sono davvero felice. Dimmi che resterai per cena. Ormai è quasi pronto.»

«Proprio non posso, ma grazie mille per l'invito.» Julie rivolse un cenno di commiato alla nonna, mi strinse nuovamente la mano e uscì in tutta fretta.

«E vedi di non tornare!» le gridò dietro Gattavius mentre la porta si richiudeva alle spalle della postina.

5

«Avete fatto in un lampo» sottolineò di nuovo la nonna mentre la seguivo in cucina. Anche io dovevo ammettere che sembrava che Julie non vedesse l'ora di andarsene. Sarà stato semplicemente perché aveva altro da fare, o poteva esserci qualche sordida ragione? Caspiterina, speravo che non ci avesse assunti per tirarsi fuori da crimini che, in realtà, aveva commesso.

No, no. Scossi il capo ed espirai profondamente. Come potevo anche solo pensare una cosa del genere di lei? Era sempre stata così gentile con noi, così affidabile e, per quanto ne sapessi, così onesta.

«Sembra che tu abbia molto su cui riflettere.» La nonna tirò fuori dal frigo le verdure e le appoggiò accanto a un tagliere pulito. «Raccontami tutto mentre prepari l'insalata» disse, tornando al suo posto d'onore accanto ai fornelli.

Lavai la lattuga, poi la misi nella centrifuga. Non per vantarmi, ma ero diventata piuttosto brava a preparare le verdure per la cena. Principalmente perché la nonna non si fidava a farmi cucinare nulla che comportasse un procedimento, anche minimo, di cottura. Non dopo quello che in famiglia era stato ribattezzato 'Il terribile fiasco del brisket di manzo carbonizzato del 2019'.

«Non c'è molto da dire» commentai pensierosa. «Qualcuno ruba la posta e vandalizza le cassette postali.»

«Questo lo sapevo già.» La nonna aprì di nuovo il frigo e prese un panetto di burro. «È per questo che le ho suggerito di venire da te. Ti ha detto altro?»

Senza distogliere l'attenzione dalla preparazione dell'insalata, risposi: «Solo che non può pagarci. Le ho detto che va bene così, ma Gattavius è parecchio irritato.»

«Beh, ovvio che lo sia. È un gattaccio scontroso.» Si voltò e fece la lingua al tigrato, che era seduto davanti alla sua ciotola del cibo vuota, intento a lanciarci occhiatacce—invano, peraltro, perché mi sarei ben guardata dal dargli da mangiare troppo presto. Si sarebbe arrabbiato assai di più per il cambio di orario di quanto non se la fosse presa quando aveva scoperto che non avremo ricevuto alcuna retribuzione per il nostro primo caso.

«Beh, scusa tanto se ho dei princìpi, *io*» disse Gattavius in tono ironico. «Nonché del rispetto per me stesso.»

Quante sceneggiate!

«Per fortuna il suo fondo fiduciario è abbastanza cospicuo da coprire la nostra metà del mutuo e le spese.»

«Già» disse la nonna, annuendo.

Gattavius soffiò, ma non espresse oltre il proprio scontento nei miei confronti e verso la situazione.

Io e la nonna continuammo a cucinare in silenzio per qualche minuto, godendoci il senso di pace dato dall'affettare, rimestare e impiattare. Fu allora che mi venne in mente qualcosa che avrebbe potuto esserci utile con il caso di Julie.

«Ehi» dissi, spezzando il silenzio calato in cucina. La mia voce risuonò terribilmente alta dopo quel breve momento di quiete. «Ricordi quando io e Gattavius abbiamo ricevuto la domanda di arbitrato? Era stata consegnata in ritardo, quasi troppo tardi affinché potessimo presenziare all'udienza. Credi che uno dei colleghi di Julie possa essere coinvolto?

Potrebbe essere stato il responsabile allora, e aver ripreso ad agire adesso.»

«È possibile» replicò la nonna stringendosi nelle spalle. «Ma quella volta si era trattato di indirizzo errato, e lentezza nell'inoltrare la missiva.»

Mi morsi il labbro mentre ci riflettevo. Me ne ricordavo bene, ma non significava che non potesse esserci un collegamento con gli eventi attuali. «Sai cosa ti dico? Vado a prendere quella lettera. Vediamo se ci fa venire in mente qualcosa che non ricordiamo o qualche nuova idea. Potrebbe anche essere inutile, ma almeno avremo un punto di partenza.»

Mi fiondai in biblioteca, dove tenevo tutti i documenti importanti, organizzati in un dossier, nell'ultimo cassetto della scrivania. Non c'erano poi molte cose: una copia dei documenti relativi al fondo fiduciario di Gattavius, i miei diplomi universitari, i fogli relativi all'acquisto della casa e al mutuo, questo genere di roba. Solo che...

Era sparito tutto!

Estrassi il cassetto per vedere se il contenuto vi fosse finito dietro, ma non c'era neanche un solo foglio.

«Nonna!» gridai a pieni polmoni, lasciandomi cadere a terra. Avevo bisogno di sentire qualcosa di solido sotto di me, mentre l'ondata di panico mi sommergeva e l'adrenalina mi scorreva nelle vene. Pur essendo seduta sul parquet di fronte alla scrivania, mi sentivo le gambe molli e le ginocchia tremanti. Com'era possibile che tutti i miei documenti più importanti fossero spariti senza lasciare traccia?

La nonna fece capolino nella stanza poco dopo: «Cosa c'è, tesoro?»

Mi voltai per guardarla negli occhi: «Per caso, durante la Missione Marie Kondo, hai 'riordinato' anche la mia roba?»

Lei si portò le mani al petto: «Certo che no. Non butterei mai via le tue cose senza prima chiederti il permesso. Inoltre, ognuno deve sottoporsi personalmente al procedimento: non è detto che ciò che non sprigiona gioia per me non possa farlo per te, o viceversa. In effetti, molto probabilmente non c'è corrispondenza.»

Sollevai il cassetto vuoto e mi morsi il labbro per non scoppiare a piangere.

«Beh, questo è un brutto guaio!» La nonna attraversò la stanza e mi prese il cassetto dalle mani, poi lo rivoltò e lo scosse forte.

«Oh, cielo» disse, vedendo che dall'interno non usciva nulla. «Vado a telefonare a Charles.»

Me ne rimasi seduta lì anche quando udii dei

passi lungo il corridoio. In realtà non c'era nulla che il mio ragazzo potesse fare in quella situazione, però era confortante sapere che presto sarebbe arrivato.

Io ero la più brava a mettere insieme indizi e prove, mentre lui sapeva sempre cosa fare in momento delicati come quello.

«Che ti succede?» mi chiese Gattavius torcendo le vibrisse. Non l'avevo notato entrare nella stanza.

«Tutti i miei documenti sono spariti» dissi, tirando su col naso.

«Che problema hai con i fogli, ultimamente?» chiese con una risata; ma tornò subito serio quando notò che ero davvero sconvolta.

«Non è stata colpa mia per la storia dei volantini» gli ricordai. «E non lo è nemmeno per questo.»

«No» disse lui sbadigliando. Faceva proprio piacere vedere che trovava così rilassante il mio tumulto interiore. Quando riuscì a richiudere la bocca, dopo uno sbadiglio senza precedenti, aggiunse: «Nel primo caso la colpa era di Pringle. Credi che sia stato di nuovo lui?»

A quelle parole ritrovai la carica. «Pringle? *Mmm.* Ma gli ho vietato di entrare in casa...»

Gattavius fece una risatina sarcastica: «Tu credi davvero che questo basti a fermarlo?»

«Ok, basta così!» Mi alzai in piedi: la rabbia mi

aveva fatto ritrovare le forze. «Chiamo quelli del controllo animali.»

Com'era possibile che un piccolo procione riuscisse a danneggiare tanto la mia vita personale e professionale? Perché non poteva lasciami in pace e basta?

«Oh, che goduria!» trillò Gattavius seguendomi giù per le scale. «Posso presenziare quando arrivano? Non vedo l'ora di vedere che faccia farà quando—»

Si interruppe di colpo quando udimmo bussare con insistenza alla porta. Era troppo presto perché Charles potesse essere già arrivato, ma allora chi...?

La nonna si precipitò fuori dalla cucina, strofinandosi le mani con un canovaccio: «Sì?» chiese. «Chi è?»

«Sono Julie» rispose la postina, la voce traboccante di angoscia. «Posso entrare?»

6

o, Julie e la nonna eravamo nell'ingresso; Cachemire era accoccolata ai miei piedi, mentre Gattavius osservava la scena da metà scalinata, ovvero quella che riteneva una distanza sicura.

«Che succede?» chiesi. Le spalle di Julie tremavano, scosse dai singhiozzi.

La nonna le passò un braccio intorno alla schiena e le offrì un fazzoletto, che aveva estratto prontamente dalla tasca anteriore.

«Sono stata qui appena una decina di minuti» rispose lei, «ma qualcuno ha rovistato nel furgoncino della posta. Non me ne sono accorta finché non sono quasi arrivata a casa, e ancora non riesco a crederci.»

«Cosa hanno preso?» chiesi, anche se avevo paura della risposta.

«Alcuni pacchi che non ero riuscita a consegnare perché non c'era nessuno che firmasse la ricevuta.» La sua espressione si rabbuiò e si fece più arrabbiata. «Ho già un mare di problemi sul lavoro, difficilmente potrebbe andare peggio. Quello che mi sconvolge davvero, però, è che hanno rubato anche il mio angioletto portafortuna.»

«A quanto pare non ne portava poi molta» commentò Gattavius. Rise della sua stessa battuta, scuotendo da una parte all'altra la testolina striata.

«Il tuo angioletto portafortuna?» chiesi, mentre il panico mi stringeva il petto. Io avrei sempre potuto stampare altri volantini, o richiedere nuove copie dei documenti. Ma un angioletto portafortuna sembrava qualcosa di insostituibile.

«Oh, non è un oggetto costoso, ma per me ha un gran valore sentimentale. È stato il primo regalino per la festa della mamma che le mie figlie mi hanno comprato con i loro risparmi. È di vetro, con i bordi dorati. Lo tengo nel vano portaoggetti del furgoncino, perché è fragile. Così mi tiene compagnia tutto il giorno, ovunque io vada.»

«Come hai fatto ad accorgerti che non c'era più?» chiesi, resistendo all'impulso di iniziare a mordicchiarmi le pellicine per via dell'ansia sempre più intensa.

Julie aveva lo sguardo perso nel vuoto e oscillava leggermente da un lato all'altro come in un sogno: «Mia figlia minore mi ha chiamata per raccontarmi come se la passa al college. Per questo me ne sono andata in tutta fretta da casa vostra: lavora part-time, e sapevo che mi avrebbe telefonato per fare due chiacchiere, una volta finito il turno pomeridiano. Ho l'abitudine di stringere in mano l'angioletto quando le mie figlie mi chiamano. Non è come poterle abbracciare, ma è la cosa che ci si avvicina di più.»

«Ma quando hai aperto il vano portaoggetti per prenderlo, era sparito» conclusi con un sospiro.

La postina annuì e mi fece un cenno con la mano: «Esattamente.»

«Sei certa che fosse ancora al suo posto, prima che venissi a farci visita?» Tutta quella storia mi dava il mal di testa. Doveva essere stato Pringle, e ciò significava che la sua cleptomania aveva superato i livelli d'allarme e stava diventando un problema grave.

«Certo che sì!» rispose lei con foga. All'improvviso, sembrava che non fossimo più dalla stessa parte, per cercare di risolvere insieme quel problema. «Come ho detto, è il mio portafortuna, e pensavo che me ne servisse parecchia affinché tu accettassi di aiutarmi senza che ti pagassi e tutto il resto.» La voce le si ridusse a un bisbiglio roco, e lanciò un'occhiata esitante alla nonna: «Se-se-sei stata tu a prendere il mio angioletto, Dorothy?»

Oh no! Una cosa era dubitare di me, ma anche solo ipotizzare che la nonna... impossibile! Ovviamente mi schierai subito in sua difesa: «Assolutamente no! Sappiamo entrambe che non è stata lei. Inoltre, penso di sapere chi è stato.»

«Fammi indovinare...» Gattavius scese lentamente le scale e si sedette tra me e Julie. «Un certo procione combinaguai?»

A quelle parole Cachemire prese ad abbaiare furiosamente: «Quel brutto procione cattivo!» gridò. «Ha fatto diventare triste l'amica di mammina!»

Julie lanciò un'occhiata ansiosa alla cagnolina infuriata e fece un passo indietro.

«Shh, va tutto bene, piccolina» disse la nonna prendendo in braccio Cachemire e dandole un bacio sulla testolina.

Continuando a fissare Julie, spiegai: «C'è un procione che si è scavato la tana qui sotto il portico di casa nostra e ha l'abitudine di rubare tutto ciò che trova. Non sarei affatto sorpresa se si fosse intrufolato nel furgoncino e avesse rubato l'angioletto e i pacchi non consegnati.»

«Anche ad Angie è sparita parecchia roba di

recente» aggiunse la nonna. Avevamo già colto Pringle con le mani nel sacco una volta.

A quella notizia Julie sollevò di scatto il capo come se avesse ricevuto un colpo dritto in faccia: «Un procione ruba la vostra roba? Ne siete sicure e non lo avete ancora fatto sopprimere?»

Come potevo spiegarle che per me uccidere Pringle non sarebbe stato poi così diverso dal compiere un omicidio? Non aveva importanza quanto potesse darmi sui nervi: non gli avrei mai fatto del male per facilitarmi la vita.

«La mia dolce Angie ha il cuore tenero» spiegò la nonna con un sorrisino triste.

«Potreste andare a riprenderlo?» mi chiese Julie tirando su col naso. Non avevo idea se quel nuovo fiotto di lacrime fosse dovuto al dispiacere o alla speranza—forse a entrambe le cose. «Potete riportarmi il mio angioletto?»

«Certo che possiamo» dissi, lanciando un'occhiata preoccupata alla nonna. Mi sarebbe servita un po' di privacy, se dovevo recuperare il portafortuna rubato dalla tana di Pringle.

«La cena è quasi pronta» annunciò lei, come se mi avesse letto nel pensiero. «Se Angie deve occuparsi del procione, ho bisogno che qualcuno mi tenga compagnia e mangi con me. Vieni, cara.» Guidò Julie in sala da pranzo prima che qualcuno potesse protestare.

Marciai verso la porta con gli animali al seguito. Anche se avrei voluto urlare a pieni polmoni, dovevo tenere un basso profilo, o avrei rischiato che Julie sentisse tutto.

«Lo catturerò, mammina!» si offrì Cachemire. Prima che potessi fermarla, partì di corsa e si infilò dritta nella tana del procione.

«Cachemire, no!» sibilai, mentre la preoccupazione mi attanagliava. «Torna subito qui!»

Pringle era cinque volte più grande di lei e avrebbe potuto farle male sul serio se si fosse sentito minacciato da un'improvvisa irruzione in casa sua.

«Potrebbe finire malissimo» disse Gattavius con un sospiro. «D'altronde, i cani sono fatti così: agiscono sempre senza riflettere.» Sì, negli ultimi tempi Cachemire era diventata la sua più cara amica – e no, Gattavius non aveva minimamente abbandonato i suoi pregiudizi sui cani. Per lui le contraddizioni non costituivano un problema, fintanto che era lui a metterle in atto.

Udii un rumore di pneumatici in lontananza e alzai gli occhi giusto in tempo per vedere l'auto di Charles che imboccava il lungo vialetto della tenuta.

Parcheggiò proprio di fronte al portico. «Tua

nonna mi ha detto che hai un problemino con un procione» disse, girando intorno all'auto e aprendo il bagagliaio.

«Direi più un problemone» borbottai.

Charles prese due vanghe e una torcia e richiuse il bagagliaio con forza: «Allora che ne dici se ci mettiamo subito al lavoro?»

7

Vanghe alla mano, io e Charles ci avvicinammo alla stretta apertura frastagliata che conduceva alla tana di Pringle. Gattavius rimase sotto il portico—preferiva non essere coinvolto direttamente, se poteva evitarlo. Al contrario, Cachemire era già entrata in azione con grande coraggio, anche se avrei preferito che non lo facesse.

«Pringle» gridai a bassa voce nella buca, sperando che fosse di umore sufficientemente buono da risparmiare la mia zelante chihuahua da guerra. «Esci da lì!»

Una testolina con degli occhietti scintillanti spuntò fuori dalla terra e dall'erba divelta. Non si trattava di Pringle, bensì di Cachemire. Oh, grazie al cielo!

«Ciao, mammina» disse, rabbrividendo per l'eccitazione. «Il procione non è in casa, ma ha un sacco di roba là sotto!»

Più di qualsiasi altra cosa, ero felice di constatare che Cachemire era sopravvissuta a quella pazzia senza neanche un graffio; ma ero anche contenta dell'informazione che mi aveva appena dato.

«Suppongo che questo giochi a nostro favore» dissi. «Sarà più facile entrare e riprenderci quello che ci serve, senza lui di mezzo a interferire.» Mi tirai su, lanciai un'occhiata a Charles e gli spiegai: «Pringle non c'è.»

Lui rise bonariamente: «Sì, lo avevo capito. Sto diventando bravo a comprendere i vostri discorsi sentendo solo ciò che dici tu. Sai, ho avuto molte occasioni per esercitarmi.»

Sentii il calore salirmi alle guance, e subito dopo le labbra di Charles premute sulla mia pelle. Mi sentii subito meglio, come se ora avessi la situazione sotto controllo. Che posso dire? Lui aveva quell'effetto su di me.

Fischiettai soddisfatta: «Come ho fatto a essere così fortunata da trovare il fidanzato migliore di tutta

Blueberry Bay?» chiesi, voltandomi per premere le labbra sulle sue.

«Solo di Blueberry Bay?» chiese lui, arrotolandosi sull'indice una ciocca dei miei capelli, per poi darmi un buffetto sul naso.

«Ok, che ne dici dell'intero stato del Maine?» suggerii facendogli l'occhiolino.

«Che ne dici di *bleah, che schifo, non davanti al gatto*?» brontolò Gattavius, saltando giù dal portico e venendo a piazzarsi fra noi due. «Ecco perché non mi piace questo qua. Ogni volta che è nei paraggi, voi due mi fate venire da vomitare.»

In realtà, al mio gatto Charles non piaceva già da molto prima che diventasse il mio ragazzo, e infatti lo aveva soprannominato fin da subito Chuck il Ciuco. Ma non era il momento di discutere di quei dettagli temporali: avevamo la tana di un procione da razziare!

Sollevai la vanga e rivolsi un sorriso imbarazzato ai miei compagni di avventure: «Pronti?»

Charles rispose affondando la vanga nel terreno e sollevando una grossa palata di terra: «Prontissimo!»

«Questo è disgustoso quasi quanto ciò che stavate facendo prima» protestò Gattavius, tornando sotto al portico. Gli piaceva stare all'aperto, ma detestava sporcarsi. Come era prevedibile, la sola vista della terra smossa fu sufficiente a fargli estrarre la linguetta rasposa e iniziare a leccarsi.

«Come posso rendermi utile, mammina?» chiese Cachemire, spostando il peso di qua e di là sulle zampette anteriori in una danza gioiosa. Diversamente dal tigrato, lei adorava sporcarsi, e ogni occasione era buona per farlo. Più e più volte l'avevo trovata nella stanza adibita a lavanderia, intenta a rotolarsi in mezzo ai panni sporchi con espressione estatica.

«Per ora resta lì: non voglio che rischi di farti male mentre scaviamo.»

La sua espressione si fece subito triste. Sembrava l'unica a non capire quanto fosse piccola e fragile, e quanto fosse quindi vulnerabile nelle situazioni rischiose—nonché nella maggior parte delle altre. Tuttavia, pur volendo tenerla al sicuro, non avevo intenzione di escluderla completamente dalla missione.

«Quando avremo finito di scavare, potrai aiutarci a recuperare la roba che c'è lì dentro» le dissi con una vocetta acuta e sovreccitata. «Affare fatto?»

«Sìììì!» abbaiò lei, poi salì di corsa i gradini del portico. Scodinzolava con tanta energia da faticare a procedere in linea retta. Ciò nonostante, raggiunse il suo amico gatto e si sedette al suo fianco, la coda che tamburellava contro le assi del portico.

Tornai a concentrarmi su ciò che stavamo facendo e mi accorsi che Charles aveva già accumulato una grossa pila di terra accanto a sé, mentre io non avevo ancora dato neanche una sola vangata. Sollevai l'attrezzo, pronta a colpire, ma Charles mi bloccò: «Prendi la torcia» disse in tono deciso, «e vediamo se riesci a scorgere qualcosa là sotto.» Nel frattempo, aveva già sollevato un'altra palata di terra.

Mi guardai intorno finché non individuai la torcia in una chiazza d'erba. L'afferrai con entrambe le mani e l'accesi. Il sole stava già tramontando, nel giro di mezz'ora sarebbe stato completamente buio. Dovevamo sbrigarci. Non avevo idea di quanto tempo avessimo prima che Pringle facesse ritorno, ma sapevo che aveva due vantaggi rispetto a noi: ci vedeva bene al buio e conosceva il terreno alla perfezione. Anche Gattavius ci vedeva al buio ovviamente, ma non sembrava il più adatto all'impresa di quella sera.

Onde evitare di beccarmi una palata di terra in faccia, mi avvicinai con cautela al buco così allargato, e mi misi carponi, pancia a terra. Con l'aiuto della torcia riuscii a scorgere per la prima volta lo spazio sotto al porticato di casa mia.

«Accidenti!» sbottai, dimenticando di tenere

bassa la voce per non farmi sentire da Julie. «Sembra la grotta di un drago. Non c'è da stupirsi che si creda un cavaliere delle fiabe.»

Non riuscivo a credere quanta roba fosse riuscito a stipare Pringle in uno spazio tanto angusto. Ovunque guardassi, scatoline sottili, disordinate pile di fogli, rifiuti, pezzi di alluminio e varie cianfrusaglie trafugate da casa nostra occupavano ogni spazio della tana del procione. Individuai un cuscino strappato che non trovavamo da settimane, e perfino una delle preziose tazze di Gattavius. Oh, il tigrato si sarebbe arrabbiato moltissimo per questo.

«Vedi mica il mio angioletto?» chiese Julie, proprio dietro di me. Non l'avevo sentita arrivare, ma ora che era lì dovevo procedere con la massima cautela.

Puntando nuovamente la torcia nel nascondiglio del procione, cercai di notare se ci fosse qualcosa di luccicante o che rifletteva la luce. Stavo per gettare la spugna e rassegnarmi al fatto che saremmo dovuti riuscire ad arrivare lì dentro, quando notai uno scintillio dorato.

«Sì, sì! Lo vedo!» gridai eccitata. Prima avessimo restituito a Julie il tesoro rubato, prima lei se ne sarebbe andata, consentendomi di mantenere il mio segreto. Infilai il braccio nella tana allungandomi il più possibile, ma non riuscivo proprio ad afferrarlo.

«Cachemire» chiamai. «Puoi aiutare la mamma a recuperare l'angioletto?»

Il chihuahua, sempre desideroso di compiacerci, mi raggiunse di corsa abbaiando allegramente e si tuffò dritto nel buco.

Allungai ancora il braccio verso il ninnolo, indicandoglielo: «Lì. Portalo alla mamma!»

Cachemire sfrecciò verso l'angelo e lo prese tra le fauci. Diversamente da Gattavius, a lei non dava fastidio che le parlassi con la vocina che di solito gli umani usano con gli animali. Era talmente felice di vivere con me e la nonna, che non metteva mai in discussione ciò che facevamo o il modo in cui sceglievamo di farlo.

«Brava cagnolina!» la elogiai mentre tornava verso di me. «Bravissima!»

Charles mi aiutò a rialzarmi in piedi e, poco dopo, Cachemire riemerse dalla tana di Pringle con il prezioso oggetto ancora ben stretto tra i denti.

«Oh, eccolo!» disse Julie commossa, chinandosi per farsi dare il ninnolo dalla chihuahua. «È proprio il mio angioletto. Grazie! Grazie di cuore!»

«Mi dispiace molto per l'accaduto. Per fortuna,

con una bella pulita tornerà come nuovo» dissi, sperando che fosse la verità.

«Dovremo proprio prendere dei provvedimenti per quel procione» aggiunse la nonna, sospirando e scuotendo il capo.

Restammo per qualche istante in silenzio, finché...

Un ululato acuto ci perforò i timpani e un procione furioso fece la sua comparsa: «La mia casa! Cos'avete fatto alla mia casa!?» gridò Pringle, portandosi entrambe le zampe alla testa, come se cercasse di impedire al cervello di schizzare fuori dalle orecchie.

«State indietro!» strillò Julie, tenendo gli occhi fissi su Pringle, mentre arretrava lentamente verso il furgone della posta. «Quell'affare potrebbe avere la rabbia!»

«La rabbia?» Pringle si acquattò sulle quattro zampe, avanzando lentamente verso Julie. «È un'affermazione specista, e non mi piace per niente... Ehi, aspetta, quello è mio!»

«Fermo!» gridai, mentre il procione si sollevava nuovamente sulle zampe posteriori, preparandosi a strappare di mano l'angioletto alla postina.

Tutti si voltarono verso di me, in attesa di vedere cosa avessi in mente. Mai io non avevo la minima idea di cosa fare. Non ancora, per lo meno.

«Julie, è meglio che tu vada. Ti chiamerò più tardi per aggiornarti sul caso. Prima devo sistemare le cose con il mio amico dalla coda ad anelli» balbettai.

Speravo solo che la parola 'amico' contribuisse a rabbonire Pringle e mi facilitasse un po' ciò che sarebbe seguito.

8

Restammo a osservare in silenzio Julie che se la squagliava in tutta fretta. Non potevo biasimarla per il desiderio di fuggire da quella disastrosa situazione. La poveretta era stata incolpata di furto di posta e danno alla proprietà; un oggetto a cui teneva molto le era stato sottratto dal furgone; e, ciliegina sulla torta, era stata minacciata da un procione inferocito.

Purtroppo, ciò che per la maggior parte della gente era uno spettacolo da brivido, era pane quotidiano nella mia folle vita a stretto contatto con gli animali—e, come se non bastasse, la giornata era lungi dall'essere finita.

Pringle si voltò verso di me, gli occhietti neri pieni di rabbia: «Ehi, signorina! Mi devi delle spiegazioni.»

«Io?» strillai. Finalmente potevo alzare la voce senza temere di essere scoperta. «Sei tu che hai rubato i miei volantini, l'angioletto di Julie e, da quel che vedo, metà degli oggetti del vicinato.»

Pringle schioccò la lingua e mi fissò dall'alto in basso: «Non l'avevamo superata la questione dei volantini?»

«No che non l'abbiamo superata! Perché continui a prendere qualsiasi cosa che non sia inchiodata?» Un pensiero mi attraversò, facendomi correre un brivido lungo la schiena. «Dovremo iniziare davvero a inchiodare ogni singolo oggetto?»

Il procione mi rivolse un sorrisetto malvagio: «Puoi provarci, ma sappi che so come si usa il martello.»

Santo cielo! Sapeva leggere, usare il martello, intrufolarsi nei veicoli... C'era qualcosa che quel pazzoide non sapesse fare?

«Smettila di incasinarmi la vita!» dissi a denti stretti.

Lui fece un passo indietro, sbalordito: «Io!? Sarei *io* a incasinare la vita a *te*? Vorrei ricordarti che vivo qui da prima di te, signorinella!»

«Ehm, Angie, tesoro?» La nonna intervenne al momento giusto, considerando che non avevo idea di come rispondere a quell'ultima frecciata. «Avete bisogno di un po' di privacy, voi due?»

«No. Certo che no» dissi, sbuffando e scuotendo il capo.

«In realtà, sì» ribatté Pringle. «Se dobbiamo risolvere la questione, è meglio che non ci siano testimoni.»

Inghiottii il nodo che mi si era formato in gola, sbattendo gli occhi incredula: «Mi hai appena minacciata?»

Lui fece spallucce con noncuranza: «Forse. La domanda è: tu cosa intendi fare?»

Cachemire partì in quarta, scalciando con rabbia con le zampe posteriori in un modo che ricordava il raspare delle galline: «Nessuno può fare del male alla mia mammina!»

«Datti una calmata, tappetta. Non le farò del male» disse il procione alla cagnolina. «Anche se dovrei, considerando cos'ha fatto alla mia bella casetta. È tutta rovinata!»

«Vedi di non farla lunga. Vivi letteralmente in un buco» borbottò Gattavius.

Pringle si accucciò sulle zampe, scuotendo il capo: «Così mi ferisci, Octavius. Mi ferisci profondamente.»

«Mmm, forse voi fareste meglio ad andare» dissi alla nonna, vedendo che non stavamo giungendo a nulla, per via di tutte quelle interruzioni. Io e Pringle dovevamo risolverla tra noi, senza il gatto che lo prendeva in giro e il cane che lo minacciava. Inoltre, avevo bisogno di mettere la parola fine a tutta quella disavventura che mi stava facendo venire il mal di testa. «Portate con voi Cachemire e Gattavius.»

Charles mi diede una strizzatina alla spalla, poi si chinò a prendere in braccio l'agitatissima chihuahua: «Andiamo, ragazzi» disse.

«Non finisce qui!» gridò Cachemire con la sua adorabile vocetta acuta, che non faceva paura proprio a nessuno. «Neanche per idea!»

«Shh, piccolina. Ora fai silenzio» le disse con dolcezza la nonna.

I due umani e i due animali rientrarono in casa—gli ultimi due ben poco entusiasti di lasciarmi da sola a gestire la questione con il procione istrionico.

«Perché rubi?» chiesi con le braccia incrociate sul petto, quando finalmente ci trovammo in cortile da soli.

«Ma io non rubo mica.» Fece una pausa per alzare gli occhi al cielo come se stesse parlando con l'essere più stupido di questa terra—un'implicazione che decisamente non mi piaceva. «Si tratta semplice-mente di destino manifesto. Non capisci? Io non rubo gli oggetti, bensì *li reclamo in nome di Pringle.*»

«Quale sarebbe la differenza?» Non riuscivo a crederci: davvero aveva appena tirato fuori uno dei concetti legati alla storia degli Stati Uniti d'America, che avevo studiato alle superiori, e lo aveva usato per giustificare la sua attività criminale? Sarebbe stata una lunga serata e io, invece, non sopportavo che si protraesse oltre.

«Guarda che non sono mica un idiota. Ho letto i libri di storia di voi umani. So tutto sulla fondazione di questo paese. Bel lavoro, tra l'altro. Quei tipi hanno deciso che volevano più terra e se la sono presa. Io ho deciso che voglio più tesori e me li sono presi. E quindi?»

«Guarda che l'era delle scoperte geografiche è finita da un pezzo» ribattei incredula. «Inoltre, non si prendono le cose altrui senza permesso. Era già sbagliato allora, e non mi sembra proprio il caso di usarlo come giustificazione delle malefatte del presente.»

«Ah, scuuuuuusa. Non avevo capito che le regole cambiano in base a chi le applica.»

La cosa peggiore era che aveva assolutamente ragione. Nessuna controargomentazione avrebbe retto, e non volevo assumere atteggiamenti prevaricatori.

Per fortuna, Pringle proseguì senza aspettare

risposta: «Se vuoi continuare a fare la guastafeste, allora riprenditi pure tutta quella stupida robaccia. In ogni caso, non ho trovato quello che cercavo.»

Beh, quella era una novità.

«Cosa stavi cercando?» chiesi, trattenendo il fiato, più incuriosita che infastidita.

Il procione sollevò entrambe le zampe verso il cielo che imbruniva e, palmi in fuori e dita allargate, prese ad agitarle come fanno certi ballerini nei musical. «Segreti» bisbigliò in tono melodrammatico.

Quella dichiarazione mi colse di sorpresa: «Segreti? In che senso?»

«In senso stretto. Mi piace leggere e guardare la TV come a chiunque altro, ma lì è tutto finto, truccato. Le storie drammatiche sono molto più interessanti se sono reali, non credi?»

Deglutii per la seconda volta il nodo che mi si era formato in gola, poi borbottai: «Eh? Che vuoi dire?»

«Parlo di *segreti*, dolcezza.» Pringle sollevò un sopracciglio e scosse il capo. «Te ne sei già dimenticata?»

Avevo quasi paura di porre la domanda successiva, ma non riuscii a trattenermi: «Quali segreti nascondi là sotto?»

«La maggior parte è piuttosto innocua. I MacIntyres sono indietro con le bollette. Un ragazzino che abita qualche isolato più in là è stato citato in giudizio per furto e deve presentarsi in tribunale la prossima settimana. Roba poco succosa. Beh, per lo meno nella maggioranza dei casi.»

Fu allora che i pezzi mancanti del puzzle trovarono posto: «Quindi sei tu che rubi la posta?»

«Certo che sono io!» Sollevò le zampette al cielo come se non riuscisse più a sopportare la mia lentezza di comprendonio.

Ma io avevo altre domande: «Perché hai vandalizzato le cassette postali?»

Lui fece spallucce: «Lì per lì mi era sembrata una buona idea. Ma non hai intenzione di chiedermi nulla sul più grande segreto che custodisco?»

Rabbrividii. Certo, ero curiosa, ma quella storia doveva finire, e temevo che, se avessi mostrato troppo interesse, lui lo avrebbe preso come un'ulteriore giustificazione per le sue malefatte. «Non mi piacciono i pettegolezzi, quindi no, grazie tante.»

«È un vero peccato» disse il procione, con un sorriso minaccioso che gli andava da un orecchio peloso all'altro. «Se la cosa riguardasse me, vorrei saperla.»

«Sapere cosa?» chiesi, detestandomi per essere caduta dritta nel suo tranello.

Lui si abbassò sulle quattro zampe e colmò la

distanza che ci separava. Appoggiandomi una zampetta su una scarpa, mi fissò a occhi sgranati, con uno sguardo di comprensione: «Sapere che la persona di cui mi fido di più al mondo mi ha mentito per tutta la vita.»

No. Assolutamente no. Non poteva essere.

Perché diavolo gli davo retta?

Era evidente che Pringle voleva solo creare problemi, e tuttavia...

«La nonna?» chiesi con voce tremante.

Pringle annuì con un'espressione solenne sul muso: «Suppongo che ora non sia più un segreto.»

9

Secondo il procione che abitava sotto il portico di casa mia, la nonna custodiva un terribile, oscuro segreto che avrebbe cambiato tutto. Avevamo già stabilito che Pringle era un ladro, ma poteva essere anche un bugiardo?

Avrei dovuto andarmene, rifiutandomi di starlo ancora a sentire oltre, ma non potevo fare a meno di chiedermi... Era possibile che stesse dicendo la verità?

Pringle mi appoggiò una zampetta sulla gamba e mi diede una serie di colpetti: «Su, su, dolcezza, fatti coraggio. Vedo che non l'hai presa affatto bene. Vedo anche che sei ancora indecisa se credermi o meno, quindi lascia che ti fornisca delle prove.»

Si voltò mestamente e si infilò sotto il portico,

riemergendo pochi secondi più tardi con una busta dall'aria piuttosto vecchia stretta in una zampa. La sollevò e me la porse: «Vacci piano con questa. Non voglio che insozzi con le tue disgustose impronte digitali umane, o contamini in nessun altro modo, il segreto più importante che ho scoperto.»

Mi tremavano le mani mentre prendevo la sottile missiva. Era già coperta di sporcizia e terra per essere stata nella tana del procione, quindi non vedevo come il mio tocco avrebbe potuto peggiorare le cose. La busta era stata strappata nella parte superiore e all'interno vi era un singolo foglio color crema ben ripiegato.

Sopra, in una calligrafia tesa e regolare, c'era scritto *Dorothy Loretta Lee*. Non era riportato il nome del mittente: c'era solo un indirizzo della Georgia. Vedendola con i miei occhi, non avevo dubbi che la lettera fosse autentica.

«Leggila» mi incoraggiò Pringle, rivolgendomi uno sguardo indagatore con gli occhietti luccicanti.

«Dove l'hai presa?» chiesi. Non ero pronta, e dubitavo che lo sarei mai stata.

«Dal nascondiglio di tua nonna» disse, annuendo lentamente. «Un paio di settimane fa. Ho notato che era in soffitta, e io ho un ingresso privato per quel posto, così mi ci sono intrufolato attraverso il buco nel tetto, e—»

«Aspetta! C'è un buco nel tetto?»

«Non è questo il punto!» fece una pausa, presumibilmente per accertarsi che non avessi altre domande o rimostranze, poi proseguì: «In ogni caso. Mi sono intrufolato attraverso il buco nel tetto, ma non sono riuscito a trovare niente di interessante. Così sono rimasto in attesa, tenendola d'occhio. Infine lei se n'è andata, ed è stato allora che ho notato che ha un nascondiglio segreto ben celato in una parete. C'è questo bordino di legno tra il pavimento e il muro.»

«Vuoi dire il battiscopa?» suggerii con gentilezza. Perché mi perdevo sempre nei dettagli?

«Sì, quello. Poco importa. Il punto è che, se gli dai un calcio, cade e dietro c'è un buco. Ci ho trovato dentro anche tanti pezzi di carta verdi davvero graziosi.»

«Pezzi di carta verdi?» sussultai. Voleva forse dire...? «Potresti mostrarmeli?»

«Certo, baby.» Pringle si infilò di nuovo sotto il portico, e questa volta vi rimase un po' più a lungo. Per quanto fossi tentata di leggere la lettera, non riuscivo ancora ad affrontare le verità che avrebbe svelato. Sarei ancora riuscita a guardare la mia adorata nonna con gli stessi occhi quando avessi saputo?

Il procione fece ritorno con una grossa pila di banconote, tenute insieme da un elastico, strette fra le zampe. Banconote da mille dollari!

«Carine, vero?» mi chiese con un sorriso. «Non sono propriamente della forma giusta, ma credo che potrei farci delle belle gru di carta quando inizierò a dedicarmi agli origami.»

«Dammele!» dissi, strappandogli il denaro dalle zampe. «Anche queste vengono dal nascondiglio segreto della nonna?»

«Sì, erano insieme alla lettera e a degli altri fogli. Solo robaccia noiosa.» Chinò il capo di lato, pensieroso, poi si corresse: «Beh, tutti tranne uno.»

«Posso vederli?» chiesi, quasi supplicandolo. Qualunque cosa pur di rimandare ancora un po' l'inevitabile.

Pringle scosse il capo e schioccò la lingua: «Che ne dici di leggere quella lettera, eh? Guarda che me la devi restituire, quindi prima lo fai, meglio è.»

Aveva ragione. Dovevo smetterla di prendere tempo. Infilai le dita nella busta ed estrassi la vecchia missiva, cercando di lisciare il foglio prima di sollevarlo verso la luce proveniente dal portico.

«Vedi di fare attenzione! È molto importante per

me» sibilò Pringle. Ma ormai non gli prestavo più attenzione: mi ero persa fra le parole che mi attendevano su quella pagina.

Cara Dorothy,

Dorothy. Mia nonna. Trassi un profondo respiro e mi costrinsi a leggere le righe successive.

so che quello che ti ho fatto è sbagliato e che, probabilmente, non mi perdonerai mai. Non mi devi nulla, ma non ho nessun altro a cui rivolgermi.

Sembrava orribile. Cosa aveva fatto la persona che aveva scritto quella lettera? E se era qualcosa di così brutto, perché la nonna l'aveva conservata per tutti quegli anni? Avrei dovuto chiederlo a lei, poco ma sicuro, ma prima dovevo arrivare al fondo di quella breve ma sconvolgente lettura.

Non punire la piccola Laura per i miei errori.

Laura era il nome di mia madre. Poteva essere lei la 'piccola Laura' in questione? Oh, mio Dio. Che cos'era accaduto? Cosa significavano quelle parole?

Dalle la possibilità di vivere una vita migliore, quella che abbiamo sempre sognato di vivere insieme.

Oh, mio Dio. Oh, mio Dio. Oh, mio Dio. Fui sul punto di smettere di leggere, ma ormai era troppo tardi. Il gatto era già per metà fuori dal sacco. Ormai tanto valeva lasciarlo uscire.

Fra due settimane sarò a casa, in congedo. Ti aspetterò al nostro solito posto quel giovedì sera.

Un luogo d'incontro segreto. Ci era andata? E se l'aveva fatto, cos'era successo? Cosa voleva il mittente? Si trattava di un uomo? Il riferimento alla vita che avevano sempre sognato di vivere insieme faceva pensare che fosse così. C'era solo un'ultima riga, che lessi con gli occhi velati di lacrime.

Ti prego, sii la persona straordinaria che sei sempre stata. Ti prego, vieni.

W. McAllister

Quando ebbi finito di leggere ero ancora più confusa di quando avevo iniziato. Chi era W. McAllister e cosa voleva da mia nonna? Conosceva mia madre? Era lei la Laura menzionata nella lettera?

«Ho trovato anche questo nel nascondiglio segreto.» Pringle mi porse un altro foglio. A quanto pareva, era andato a recuperarlo mentre ero immersa nella lettura.

Ovviamente capii subito che si trattava di un documento ufficiale: presentava un'intricata bordatura colorata e, in cima, c'era scritto: *Certificato di nascita.*

La madre del neonato si chiamava Marylin Jones e il padre William McAllister, presumibilmente proprio il W. McAllister che aveva scritto quella

lettera alla nonna. Il luogo di nascita era una cittadina della Georgia che non conoscevo e la bambina si
chiamava Laura—proprio come mia madre.

Anche la data di nascita combaciava. Doveva
proprio trattarsi di lei.

Significava che non era davvero figlia della
nonna?

Che io non ero davvero sua nipote?

E cos'erano tutti quei riferimenti alla Georgia? La
nonna raccontava con affetto i ricordi della sua giovi-
nezza di ragazza cresciuta nel sud degli Stati Uniti,
ma aveva sempre detto di essere originaria di una
delle Caroline.

Non della Georgia. Non aveva nemmeno mai
menzionato la Georgia.

Se aveva mentito sul proprio luogo di nascita, su
quante altre cose poteva averlo fatto nel corso degli
anni?

Oh cielo, mia madre era a conoscenza di tutta
quella storia? In caso contrario, scoprirlo solo ora
sarebbe stato devastante. Avrei dovuto dirglielo? O
era meglio aspettare di saperne di più?

Avevo così tante domande, e ben poche speranze
di rintracciare quel William McAllister, l'unica
persona a cui avrei potuto porle.

Marciai in casa, con la lettera e il certificato di

nascita stretti fra le mani: avrei affrontato la nonna pretendendo di sapere la verità.

10

La nonna e Charles erano seduti in soggiorno, intenti a sorseggiare cioccolata calda abbondantemente guarnita con crema di marshmallow da tazze coordinate. Il mio ragazzo non era granché appassionato di tè, quindi la nonna teneva sempre in casa qualche altra bevanda calda da preparare, per lo più quando lui ci faceva visita.

Cachemire era accoccolata accanto alla nonna, mentre Gattavius sedeva appollaiato sul davanzale, il suo punto d'osservazione preferito, e guardava fuori dalla finestra.

Sembravano tutti così felici e a proprio agio. Mi sentivo un po' in colpa a disturbare quel momento di pace, ma poi mi ricordai che ero io a essere stata ingannata, ero io quella a cui lei aveva mentito. Per tutta la vita. Caspita!

Rimasi immobile sulla soglia del soggiorno, con il certificato e la lettera ancora stretti fra le mani tremanti. Da dove potevo cominciare?

«Ehi! Non puoi mica portarti via la roba degli altri senza chiedere!» strillò Pringle dall'ingresso. A quanto pareva, mi aveva seguita dentro casa, nonostante gli avessi vietato di entrare. La sua voce mi riscosse dalla sensazione cervo-davanti-ai-fari.

Mi voltai versò di lui così di scatto che il procione fece un balzo indietro per la paura: «Davvero sei venuto a farmi la morale?» pretesi di sapere, mettendomi una mano sul fianco. «Non puoi aspettarti che gli altri facciano per te ciò che tu non sei disposto a fare per loro.»

Charles appoggiò la propria tazza sul tavolino da caffè e mi si avvicinò cautamente: «Angie, tesoro, va tutto bene?»

«No, niente affatto!» sbottai, fumante di rabbia, al contempo detestando il fatto di essermi messa a gridare contro di lui. Niente di tutto questo era colpa sua. Né di Gattavius o di Cachemire. Nemmeno di Pringle, in realtà.

«Cosa ti succede, tesoro?» chiese la nonna, ancora comodamente seduta sulla sua poltrona preferita. Era stata lei! Era lei la causa di quel terremoto che minacciava di spezzarmi il cuore da un momento all'altro. La stessa donna che, da bambina, mi aveva insegnato l'importanza dell'onestà, mi aveva mentito per tutta la vita.

«Non lo so. Perché non me lo dici tu?» Avanzai fino a raggiungerla e le lasciai cadere in grembo entrambi i fogli.

La nonna si immobilizzò. Per un istante sembrò che perfino il suo cuore avesse smesso di battere, prima che trovasse il coraggio di sollevarli con cautela e li appoggiasse sul tavolino da caffè. «Non ne ho la benché minima idea» mi rispose, mentre riponeva con lentezza entrambe le tazze nel lavandino della cucina e si avviava su per le scale.

«Eh, no!» gridai, rincorrendola. «Non te la caverai così facilmente! Che cos'è quella roba, e perché io non ne sapevo niente? Mamma lo sa?»

La nonna rimase in silenzio, continuando a salire i gradini al suo solito ritmo. Sembrava quasi che per lei io non fossi neppure lì.

«Ehi, perché non mi rispondi?» chiesi, mentre una nuova ondata di lacrime mi faceva bruciare gli occhi.

La nonna raggiunse la porta della sua camera da letto, poi si voltò verso di me. La sua voce era pacata e pressoché priva di emozioni quando disse: «Mi dispiace, tesoro, ma all'improvviso non mi sento molto bene. Credo che, per stasera, sia meglio che vada a letto.»

Prima che potessi ribattere, scivolò nella propria stanza e si chiuse la porta alle spalle. Ancora sconvolta da ciò che avevo scoperto, e ancor più dal fatto che la nonna, di solito così loquace, si fosse rifiutata di parlarne con me, afferrai la maniglia e la abbassai con forza.

Ma la porta non si aprì.

La nonna mi aveva chiusa fuori!

Presi a bussare con insistenza: «Prima o poi sarai costretta a dirmi di cosa si tratta!» gridai contro la barriera di legno che ci separava.

Una mano tiepida mi accarezzo il braccio, facendomi sobbalzare per lo spavento.

«Vieni con me» disse Charles, guidandomi con delicatezza verso l'imponente scalinata. «Ora come ora, sembra che entrambe abbiate bisogno di un po' di tempo per schiarirvi le idee.»

«L'hai letta?» gli chiesi, mentre fiotti di calde lacrime mi scorrevano lungo il viso. «Hai letto quella lettera?»

Lui annuì, con le labbra strette.

«Secondo te, cosa significa?» chiesi. La voce mi si spezzò mentre ponevo quella domanda orribile.

«Non mi piace tirare a indovinare.» La sua voce era ancora dolce, confortevole. «Sarebbe molto meglio se fosse tua nonna a spiegarcelo direttamente.»

Mi sfuggì una risata tagliente: «Beh, non sembra troppo propensa a farlo. Credi che significhi che non è la mia vera nonna?»

«Certo che lo è: ti ha cresciuta. È sempre stata presente per te, fin da quando eri piccola. Quella lettera, qualsiasi cosa significhi, non cambia questi fatti.»

«E per quanto riguarda mia madre? È lei la Laura menzionata nel certificato di nascita? È di questo che parla la lettera? Suo padre l'ha affidata alla nonna per qualche motivo? La sua vera madre ha mai saputo che ne è stato di lei?» Era tutto troppo orribile anche solo per pensarci ma, purtroppo, non riuscivo a evitare di farlo.

Charles si sedette sul divano e spalancò le braccia, invitandomi a raggomitolarmi accanto a sé: «So che ora è tutto molto confuso e che sei sconvolta, ma ti prometto che andrà tutto bene. Di qualunque cosa si tratti, non cambia chi è tua nonna, né chi sei tu.»

Risi di nuovo. Di rabbia. «Se non è niente di terribile, perché mantenere il segreto per tutti questi anni? Perché rifiutarsi di parlarne ora?»

«Non so rispondere a queste domande, ma ti aiuterò a scoprirlo.» Mi diede un bacio sulla fronte.

«Non ce la faccio» singhiozzai, mentre tutta l'energia datami dalla rabbia defluiva all'improvviso.

Charles si limitò ad abbracciarmi ancora più forte: «Come sarebbe a dire 'non ce la faccio'? Tu sei Angie Russo, la Detective che parla con gli animali. Sei la donna che ha risolto il suo primo caso ufficiale in meno di un'ora. È straordinario.»

Ah, già. Supposi che il caso di Julie potesse considerarsi risolto: Pringle aveva ammesso di aver sottratto la posta e vandalizzato le cassette postali; tutto ciò che dovevo fare, ora, era offrirgli qualcosa che desiderava più di qualsivoglia segreto pensasse di aver trovato, così avrebbe sicuramente smesso di farlo.

Caso risolto. Hip hip hurrà.

Cercai di sorridere, ma non ci riuscii. Invece, Charles mi tenne stretta a sé mentre inzuppavo di lacrime la sua camicia ben stirata.

La persona di cui mi fidavo di più al mondo mi aveva nascosto qualcosa di fondamentale. Se non potevo fidarmi di lei, sapere con certezza che sarebbe stata onesta con me, su chi mai avrei potuto contare?

Charles mi accarezzava i capelli, nel tentativo di confortarmi, ricordandomi che c'era ancora almeno una persona che stava dalla mia parte, a prescindere da tutto.

Gattavius saltò sul divano accanto a me e mi leccò la mano con fare esitante. Ok, una persona e un gatto —e, probabilmente, anche un cane, benché, senza dubbio, Cachemire fosse impegnata a consolare la nonna in quel momento.

«Angela, ho notato che sei molto turbata» mormorò il tigrato, dimostrando quanti progressi avessimo fatto da quando il destino ci aveva fatti incontrare. «Significa forse che abbiamo finito l'Evian?»

Ecco, lui sì che sapeva mettere le cose nella giusta prospettiva!

«No. Non preoccuparti» gli dissi con una risatina, sentendomi già un pochino meglio. «Ne abbiamo in abbondanza.»

Gli feci qualche grattino fra le orecchie, poi mi alzai. Un bel bicchiere di Evian fresca avrebbe fatto un gran bene a tutti.

11

Nonostante il bicchiere di Evian fresca al punto giusto, faticai parecchio a prendere sonno. La mattina dopo, molto presto, mi arresi al fatto di non riuscire a dormire se non per pochi minuti alla volta e andai a vedere se la nonna era già in piedi.

Scoprii che non soltanto si era già alzata...

Era già uscita—con tanto di chihuahua al seguito. Dannazione! L'incrollabile ottimismo di Cachemire mi sarebbe stato di grande aiuto per affrontare quella che sapevo sarebbe stata una giornata difficile.

Beh, non sarebbero state via per sempre. A un certo punto, sarebbero dovute tornate a casa. A un certo punto, la donna che forse non era davvero mia nonna avrebbe dovuto darmi delle risposte. Dopotutto, Pringle mi aveva fornito prove inconfutabili del fatto che c'era qualcosa che non quadrava nel passato della nostra famiglia e, anche se lo scandalo che la nonna si era sforzata tanto di tenere nascosto non riguardava me in prima persona, la questione mi turbava profondamente.

Gattavius se ne stava seduto sul bancone della cucina, in mia attesa. Alla nonna non piaceva che lui lasciasse peli lì dove lei preparava il cibo, ma non avevo cuore, né l'abitudine, di rimproverarlo—tantomeno quel giorno.

«Buongiorno, Angela» disse, lanciando un'occhiata eloquente verso la sua ciotola del cibo vuota. «Sei arrivata giusto in tempo per il mio pasto mattutino.»

«Me ne occupo subito» mugugnai, dirigendomi alla dispensa e prendendo una confezione di Sheeba. Presi anche una tazza di ceramica Lenox pulita e un piattino abbinato, le uniche stoviglie da cui accettava di mangiare o bere. Dopo averli sistemati sul pavimento, presi dal frigo la bottiglia di Evian ancora mezza piena e la versai nella delicata tazza filigranata finché non fu piena esattamente per tre quarti.

Nel tempo trascorso insieme, il tigrato aveva imparato ad apprezzare la sfumatura di sapore dell'acqua raffreddata al punto giusto, mentre io avevo imparato a non mettere in discussione le sue pretese, talvolta ridicole, e i suoi orari inflessibili.

«Grazie mille» borbottò prima di iniziare a fare colazione con compostezza.

Presi una Coca Light dal frigo, dato che non c'era la nonna a preparare il caffè e non me la sentivo di affrontare la mia ben radicata paura di prendere la scossa, tanto più quando tutto andava già così male di primo mattino.

«Cosa abbiamo in *prrrrr*ogramma per oggi?» chiese il mio gatto, enfatizzando ogni parola, come faceva spesso quando voleva fare il raffinato—di solito la mattina, soprattutto dopo una colazione gourmet.

Riflettei sulla domanda per qualche istante. Ovviamente sapevo già con esattezza cosa dovevamo fare, ma ciò non significava che l'idea mi piacesse. Probabilmente non sarebbe piaciuto nemmeno a lui, ma chi ha tempo non aspetti tempo.

Mi sforzai di sorridere: «Dobbiamo parlare con Pringle per capire come fare a convincerlo ad aiutarci.»

Gattavius gemette, rifiutandosi anche solo di fingere che la cosa gli andasse a genio: «Dobbiamo proprio?»

«È il modo più rapido e sicuro per scoprire cosa

nasconde la nonna, soprattutto considerando che lei non sembra avere intenzione di parlarne.»

«Mi è sembrato un po' strano che avesse così fretta di uscire, stamattina.» La sua voce si fece profonda, fredda, e abbassò gli occhi a terra. «Non si è fermata nemmeno per la coccola del buongiorno.»

Poverino. Non c'era niente che detestasse di più che essere ignorato quando era in cerca di attenzioni. Ovviamente, questo non gli impediva mai di ignorare *me* quando gli andava di farlo. Due pesi e due misure sono la norma quando si vive con un gatto, e lo avevo accettato ormai da un pezzo.

«La nonna è sempre stata eccentrica, ma anche onesta e schietta. O almeno, era quello che credevo.» Sospirai e bevvi un altro sorso di Coca Light. Sapevo che era ferito dalla mancanza di rispetto di quella mattina, ma anche io ero ferita—molto di più e per ragioni ben più dolorose, se volete sapere come la penso.

Il tigrato mi osservò con i grandi occhi ambrati: «Questa storia ti ha davvero sconvolta, non è così?»

Annuii e sospirai di nuovo: «Sì.»

Lui emise un gemito terribile, come se fosse agonizzante: «Non va affatto bene. Andiamo a buttare giù dal letto il procione e leviamoci di torno questa spiacevole incombenza.» Si trascinò stancamente fuori dalla cucina, la coda ritta mentre si faceva strada verso la gattaiola elettronica e sgusciava fuori.

Oh, mi voleva bene davvero! A volte avevo ancora dubbi in proposito, per via del modo imprevedibile in cui reagiva pressoché a qualsiasi cosa gli capitasse. Ma quel giorno, la sua disponibilità a fare qualcosa che lo infastidiva, pur di guarire il mio cuore spezzato, mi aveva scaldato il suddetto cuore.

Quando lo raggiusi sotto al portico, si sedette e fece un cenno con la zampa in direzione del grosso buco che conduceva alla tana di Pringle: «A te l'onore.»

Mi avvicinai lentamente, chiamandolo con voce dolce e supplichevole: «Pringle?»

«Cosa vuoi?» ringhiò il procione da un punto imprecisato sotto il suo amato portico. Il *mio* portico, in realtà. Dovevo tenerlo a mente.

«Potresti aiutarci a venire a capo del segreto che mi hai rivelato ieri sera?» lo scongiurai.

Se il mio gatto era un tipo umorale, Pringle schizzava da zero a cento sulla stessa sgradevole scala. E quando era a settanta era già decisamente rabbioso. Avevamo davvero bisogno del suo aiuto? Valeva la pena di sopportare il suo pessimo atteggiamento e i suoi raggiri?

Sì, mi resi conto che era così e sentii il cuore

inabissarsi. Avevamo proprio bisogno di lui. Dannazione!

Il procione fece capolino dalla tana e fece una smorfia: «In realtà, sono piuttosto arrabbiato con te, ora come ora.» Questa non me la sarei aspettata.

«Cosa? Perché?» Era stato già abbastanza arduo andare a chiedergli umilmente un favore. Se avessi dovuto anche trascorrere metà della mattinata a strisciare e supplicare, non avremmo fatto il benché minimo progresso.

Lui si strofinò le tempie e strizzò gli occhi, accecato dalla luce del sole che spuntava. Se non altro, ci davamo fastidio a vicenda.

«Non è che te li volessi regalare, quei documenti» spiegò lui con voce stanca, ma ugualmente pretenziosa. «Te li ho dati per farteli leggere, non perché te li tenessi. Mi rifiuto di aiutarti finché non mi avrai restituito ciò che mi appartiene.»

Gattavius ci raggiunse di corsa a velocità impressionante: «Scusa, ho capito bene? Quei documenti non appartengono forse alla nonna? Non hai ammesso tu stesso di averli rubati a lei?»

«/In questo modo non mi sei d'aiuto» mugugnai, spingendolo delicatamente da parte con un piede—uno sgarbo per cui sapevo che l'avrei pagata in seguito. «Mi dispiace, Pringle. È stato molto scortese da parte mia, ma ero così sconvolta che me ne sono dimenticata. Vado subito a prenderteli.»

Quando feci ritorno poco dopo, con la lettera e il certificato di nascita in mano, Pringle mi attendeva sotto il portico.

«Questi li prendo io» disse, strappandomeli di mano, anche se avevo intenzione di darglieli di mia volontà. Se li ficcò entrambi sottobraccio e incrociò le zampe sul petto. «Ora, come posso esserti utile? Vai al punto, per favore. Si dà il caso che sia un animale molto impegnato, io.»

Feci un cenno verso i fogli che sbucavano dalla pelliccia grigia: «Quelli svelano parte di un segreto, ma non l'intera storia. Ho bisogno di scoprire il resto. Pensi di potermi aiutare?»

Lui piegò la testa di lato e fece un lungo sospiro: «Dipende.»

Gattavius soffiò e rizzò il pelo della schiena: «Dipende? Dipende!? Smettila di comportarti da massa di pelo idiota e vedi di renderti utile. Sei stato tu a tirare fuori questa storia!»

«Signora, per cortesia, dica al suo socio di controllarsi.» Il procione scosse il capo, come se tutto ciò lo addolorasse profondamente.

«Gattavius, me ne occupo io» dissi al tigrato con un sorriso di scuse. Poi mi rivolsi nuovamente al procione, con quella che ero certa fosse una smorfia davvero malcelata: «Vai avanti, Pringle.»

Il procione fece qualche passo, poi voltò il capo per fissarmi teatralmente da sopra la spalla e mi squadrò dall'alto in basso: «Non so quanto tu sia informata sugli ultimi sviluppi nel bosco, ma devi sapere che non sono un detective principiante. Ora sono un animale d'affari in piena regola.»

A quell'affermazione Gattavius non riuscì a trattenersi: «Non riesco a crederci! Ha davver—»

Anche se detestavo doverlo fare, spinsi il mio migliore amico felino in casa attraverso la gattaiola e la bloccai con la gamba. «Ti si messo in affari?» chiesi con calma.

Lui annuì vivacemente, gonfiando il petto per l'orgoglio: «Sì, eccome. Hai l'onore di parlare con un talentuoso detective, nonché fiero proprietario di *Pringle, il procione che parla con tutti.* Devi sapere che si tratta della migliore agenzia investigativa della zona.»

Mi pizzicai l'interno del polso per trattenermi dal dire qualcosa di molto scortese. Non avrei mai pensato che quel furfante mascherato potesse rubare modelli aziendali e proprietà intellettuali, oltre a documenti e ninnoli. Mi infastidiva parecchio anche l'insinuazione che la sua attività fosse migliore di quella che gestivo con Gattavius. Tuttavia, accipicchia, mi serviva il suo aiuto.

«Congratulazioni» riuscii a dire, pensando che era stata una buona idea chiudere in casa Gattavius, altrimenti sarebbe di certo scoppiata una rissa. «Quindi posso assumerti affinché mi aiuti con questa faccenda?»

Lui fece un sorrisone, rivelando due file di dentini aguzzi e due zanne appuntite e scintillanti: «Certo che puoi, principessa. Ma tutto ha un prezzo.»

«Intendi davvero farmi pagare?» mi impuntai, ripensando alla corposa mazzetta di graziose banconote verdi che voleva utilizzare per fare gli origami. Non sapeva nemmeno cosa fosse il denaro, tantomeno ne conosceva il valore, considerando che aveva la tendenza a limitarsi a prendere tutto ciò che voleva senza farsi problemi. «E a cosa diavolo ti servirebbero i soldi?»

Strofinando il pollice e l'indice uno contro l'altro, rispose: «Non voglio soldi. Voglio *favori*.»

Mi presi un istante per assimilare l'idea. Una volta avevo promesso un favore a Gattavius in cambio del suo aiuto, e mi ero trovata costretta a comprare l'immensa tenuta un tempo appartenuta alla sua defunta proprietaria. Col tempo avevo imparato ad amare la nostra nuova dimora, ma era stato comunque un prezzo enorme da pagare per avergli fatto indossare *una sola volta* una pettorina e un guinzaglio da pochi dollari.

«Allora?» mi sollecitò Pringle, ricordandomi che non avevo ancora risposto alla sua scellerata offerta. «Ci stai o no?»

Ok, sapevo che me ne sarei pentita, ma sapevo anche che avevo bisogno di lui e che più tempo ci avessi messo a svelare i segreti della nonna, più sarei affondata nella disperazione.

«E va bene.» Mi accovacciai e gli porsi l'indice, che lui si affrettò a stringere per suggellare il nostro patto.

«Eccellente. Allora siamo d'accordo» disse Pringle, premendo fra loro le dita delle due zampe anteriori, in un classico atteggiamento da vero cattivo.

Beh, se non altro stavolta era dalla mia parte. O no?

12

Una volta stretto il patto con il procione, a volte davvero diabolico, aprii la porta di casa e lo invitai a unirsi a noi.

«Non ho mai subìto un simile affronto in tutte le mie vite!» borbottò Gattavius, che, a quanto pareva, aveva origliato l'intera conversazione dall'altro lato della gattaiola bloccata. «Non hai proprio niente di meglio da fare che stringere un accordo, di cui non conosci neanche i termini, con un truffatore?»

Pringle mostrò le zanne: «Sai, un tempo mi piacevi» disse con disprezzo al gatto. «Ti idolatravo, perfino. Pffff. Patetico!»

«Oh, e ora non più? Che tremendo dispiacere» ribatté il tigrato. Quei due avevano entrambi una buona parlantina ed erano piuttosto ben assortiti per il botta e risposta. Era un peccato che l'unica cosa che volevano fare fosse insultarsi e litigare, anziché collaborare.

Dovevo fare qualcosa per rimetterli in riga e tornare a concentrarsi. Forse chiedere con gentilezza avrebbe funzionato?

«Ragazzi, basta così» dissi lanciando a entrambi un'occhiata severa. «Che ci piaccia o meno, questa volta siamo costretti a collaborare. Dovete mettere da parte le vostre divergenze e capire che siamo tutti dalla stessa parte.»

«Almeno uno di voi due ha un po' di buon senso» disse Pringle, scoccando un'occhiataccia in direzione di Gattavius. Sigh.

Ma con mia grande gioia e sorpresa, il tigrato rimase in silenzio. Tuttavia, il nervosismo con cui fendeva l'aria con la coda esprimeva chiaramente il suo stato d'animo.

Gli rivolsi un sorriso riconoscente, poi passai a illustrare il piano: «Iniziamo dalla soffitta. Pringle, puoi mostrarmi il nascondiglio di cui mi hai parlato ieri sera? Quello nel battiscopa?»

Il procione annuì, sollevando i pollici. Diventava ogni giorno più umano, giuro. «Certo. Ci vediamo lì» disse.

«Ehm, non possiamo salire tutti insieme?» Indicai le scale. «Voglio dire, è giusto lì sopra.»

Lui sollevò le sopracciglia e mi rivolse un sorrisetto sciocco: «Potremmo. Ma preferisco usare il mio ingresso privato. Sono un VIP, dolcezza, ricordi? Very Important Pringle.»

«Soffocatemi con una delle mie palle di pelo» borbottò Gattavius.

Dopo tutto questo, non sarei più stata in debito con Pringle. Iniziavo a pensare che il mio gatto meritasse una medaglia, per la compostezza che stava mostrando nei confronti di quell'animale insopportabile.

«Va bene» dissi, pur essendo ormai ben più che un tantino irritata. Aprii la porta d'ingresso in modo che il procione potesse uscire – cosa che fece a passo disinvolto – poi recuperai una sedia pieghevole dal ripostiglio e marciai su per le scale fino alla camera degli ospiti dove avevo trovato la nonna impegnata nella Missione Marie Kondo.

«Lascia che ti aiuti» dissi al tigrato, al ricordo della brutta caduta della volta precedente.

«Non offendermi!» Balzò sulla sedia, fece ondeggiare il posteriore e spiccò senza problemi un balzo attraverso la botola.

Mi affrettai a seguirlo, salendo sulla sedia a mia

volta, per poi issarmi in soffitta facendo leva sulle braccia, subito indolenzite dallo sforzo.

Quando mi trovai seduta sul pavimento, stabile e al sicuro, mi guardai intorno, sorpresa dall'altezza del soffitto—anche se probabilmente non avrei dovuto esserlo affatto, considerando quanto fosse lussuosa e imponente la tenuta. Perfino in quello spazio poco utilizzato il pavimento era rivestito di un elegante parquet e le pareti erano decorate con raffinata carta da parati verde a trama ruvida. Una finestra esagonale sulla parete più lontana illuminava efficacemente la grande stanza.

Pringle ci stava già aspettando: «Ce ne avete messo ad arrivare!»

«Mostraci il nascondiglio» gli intimai, senza più preoccupami di mostrarmi gentile con quella palla di pelo sarcastica e piena di sé che risiedeva sotto il portico di casa mia. Avevamo un accordo e dovevamo darci da fare.

Lui annuì e si allontanò dal centro della stanza, per poi fermarsi nell'angolo più lontano dalla finestra: «Qui» disse, indicando con un dito.

Mi inginocchiai e tirai il bordo dell'alto battiscopa in legno, ma quello rimase ben saldo al suo posto.

«Devi spingere, non tirare, geniaccio» mi spiegò Pringle, assestandogli un rapido calcio con una mossa di karate. Ovviamente la sottile tavoletta di mogano cadde a terra, rivelando un buco oscuro. Deglutii forte, in preda all'ansia, e infilai la mano nel misterioso nascondiglio.

Niente.

«Ci ho già pensato io a ripulirlo» rivelò il procione. «Non c'è più niente. Per lo meno, non lì.»

«Allora perché mai siamo venuti qui?» chiese Gattavius, sbuffando. Fu solo allora che notai che percorreva la soffitta avanti e indietro.

«Guarda.» Pringle indicò una pila di scatoloni di cartone. «C'è un po' di robetta nuova rispetto all'ultima volta che sono venuto a cercare.»

«I risultati della Missione Marie Kondo» bisbigliai. «La nonna non ha buttato via nulla. Ha nascosto tutto qui.»

Pringle si sfregò le mani, in preda all'esaltazione: «Oooh, divertente! Vediamo se riusciamo a scoprire altri segreti!»

Aprii i tre scatoloni e li sistemai uno di fianco all'altro sul pavimento. Pringle si tuffò immediatamente nel più grande; io invece decisi di iniziare dal più piccolo.

«È in momenti come questo che penso che sarebbe comodo avere delle dita come quelle di voi umani, anche se hanno un aspetto così... bleah!»

Gattavius rabbrividì a quel pensiero, poi si allontanò per distendersi al sole che filtrava dalla finestra, lasciando a me e al procione il compito di ficcanasare.

Il primo scatolone in cui rovistai conteneva una raffinata collezione di decorazioni natalizie, tutte accuratamente imballate. Nulla di neanche lontanamente sospetto.

Passai allo scatolone successivo e trovai gli abiti estivi preferiti della nonna, riposti in vista della stagione fredda che stava per cominciare. Di nuovo, niente di utile per la nostra ricerca.

«Tu cos'hai trovato?» chiesi a Pringle, quando mi resi conto che non era ancora riemerso dallo scatolone più grande.

«Uh? Cosa?» Fece capolino dal bordo dello scatolone con un sorrisetto imbarazzato: si era legato sulle orecchie una delle sciarpe di seta colorate della nonna e sfoggiava una gran quantità di gioielli di scena. «Oh, niente che riguardi il caso. Solo una piccola porzione del mio pagamento per il lavoro.»

Gattavius emise un lungo sospiro, ma grazie al cielo decise di non dire nulla.

«No, basta rubare!» sibilai, sentendomi io stessa più un animale che un'umana. Più loro acquisivano atteggiamenti umani, meno io mi sentivo tale. «Rimetti tutti a posto!»

«Non sei affatto divertente, lo sai?» Benché avvilito, il procione fece come gli era stato detto senza protestare. Emetteva tristi versetti di disapprovazione mentre si toglieva, uno dopo l'altro, gli accessori scintillanti.

«Ok, non siamo venuti a capo di nulla» dissi, dopo essermi accertata che ogni singolo oggetto fosse stato riposto nella scatola da cui era stato estratto.

Uscimmo tutti dalla botola e ci fermammo a discutere i passi successivi nella camera degli ospiti.

«Che ne dite della camera da letto della nonna?» suggerì Gattavius. «Dovremmo cercare lì?»

Pringle batté le zampette e fece un saltino per la gioia: «Oh sì, sì, sì. Facciamolo!»

In condizioni normali non avrei mai accettato di violare a quel modo la privacy della nonna, ma a mali estremi, estremi rimedi, e io stavo davvero malissimo al pensiero di quel segreto che mi era stato tenuto nascosto fin dalla nascita. «Facciamo un tentativo» acconsentii.

Percorremmo in fila indiana il corridoio fino alla camera della nonna, ma quando provai ad aprire la porta, scoprii che era ancora chiusa a chiave.

«Vuoi che faccia irruzione?» si offrì Pringle, sfregandosi le mani, desideroso di entrare in azione. Mi domandai – e non per la prima volta – se sarebbe stato possibile trovare un veterinario che prescrivesse un tranquillante al mio vicino di casa procione che, oltre a essere cleptomane e un tantino ipomaniacale, aveva evidenti problemi di iperattività. Mmm, probabilmente no.

«Non dovrei avere problemi a forzare la finestra» continuò Pringle, saltellando sulle quattro zampe.

«No» dissi, sentendomi in colpa e rammaricata in egual misura. «Prima o poi la nonna tornerà. Lasciate che provi prima a parlarle. Forse, nel frattempo, si sarà calmata. Forse stasera sarà disposta a discuterne.»

«Ehi, aspetta un attimo!» piagnucolò Pringle afflitto. «Anche se dovesse andare così, mi dovrai pagare comunque, ricorda: sono un animale d'affari con tutti i crismi ora e, poiché mi hai assunto, abbiamo stipulato un accordo a cui non puoi venir meno.»

«Basta così. Ne ho fin sopra il pelo della testa» disse Gattavius, salendo le scale, diretto alla nostra stanza in cima alla torretta. Questa volta ero d'accordo con lui. Nel tempo passato in compagnia del procione, mi sembrava di aver corso tre maratone di seguito... esercitando la pazienza anziché i muscoli.

«Verrò a chiamarti quando saremo pronti per la prossima fase» gli promisi, accompagnandolo alla porta. Non appena fu uscito, richiusi in tutta fretta e trassi un profondo respiro.

Oh, nonna, per favore, smetti di tenermi sulle spine. Basterebbe che ti decidessi a parlarmi per porre fine a questa storia.

13

Nonostante le mie preghiere, la nonna non mi diede spiegazioni nemmeno quella sera. In realtà, non tornò neppure a casa. Come facevo a saperlo? Perché mi ero accampata in soggiorno e l'avevo aspettata per tutta la notte, ecco come.

Ovviamente, avevo ancora più domande e dubbi di prima.

Stava cercando di limitare i danni, o voleva semplicemente evitarmi per non doversi confrontare con me? E dove poteva essere andata?

Alla disperata ricerca di risposte, la mattina dopo telefonai a mia madre.

«Angie, buongiorno! Che bello sentirti!» trillò

mamma in un tono deliziato che mi face capire all'istante che la nonna non si era presentata a casa sua.

A quel punto dovevo fare una scelta: potevo raccontarle tutto e chiederle di aiutarmi, o tenere la bocca chiusa.

Anche se il nostro rapporto si era rafforzato da quando le avevo rivelato di saper parlare con gli animali, temevo l'effetto che questa nuova rivelazione avrebbe potuto avere su di esso, sia che lei lo avesse sempre saputo e avesse deciso di nascondermi la verità, sia che non ne avesse idea e la notizia potesse mandare in frantumi il suo mondo.

Sinceramente, nessuna delle due ipotesi mi andava a genio.

«Ciao mamma» dissi, prendendo una decisione «Volevo solo farti un saluto. Sto per fare un salto al negozio di articoli elettronici e volevo sapere se vi serve qualcosa, intanto che vado.»

«Oh, sei davvero premurosa a chiederlo, ma io e tuo padre non abbiamo bisogno di niente.» Sembrava così felice. Dovevo proprio decidermi a chiamarla, invitarla o passare da lei più spesso.

Sorrisi, sperando che lo percepisse dal mio tono di voce: «Ok, volevo solo accertarmene. Ti voglio bene, mamma.»

«Anch'io, piccola.»

Riattaccai e strinsi forte il telefono, traendo forza dal suo tepore. Dovevo scoprire la verità che la nonna si era impegnata tanto a nascondere, qualunque essa fosse. Lo dovevo non soltanto a me stessa, ma anche a mia madre.

«Quindi ora che si fa?» volle sapere Gattavius.

«Tu resta qui e chiamami con FaceTime, se la nonna torna» gli dissi, più determinata che mai ad andare in fondo alla questione—e in fretta. «Io vado a procurarmi un po' di attrezzatura.»

«Questo significa...?» I suoi occhi si spalancarono e si interruppe a metà frase.

«Che faremo irruzione in quella stanza» confermai. «O meglio, lo farete tu e Pringle.»

«Beh, sai come si dice: tieni vicino l'amico e ancor più il nemico.» Incrociò con grazia le zampe, poi fece un cenno del capo verso il telecomando. «Per favore, mi accendi la TV?»

Presi il telecomando come mi aveva chiesto, ma non accesi subito il televisore.

«Su, Angela, datti una mossa!» protestò lui.

«Prima chiariamo una cosa.» Trassi un profondo respiro per farmi coraggio, sapendo che la questione non gli sarebbe piaciuta. «Devi capire che non ho la minima intenzione di acquistare un prodotto Apple per la missione di oggi.»

Lui balzò di scatto sulle quattro zampe, rizzando il pelo per lo sgomento: «Cosa? Perché?»

Già, la fedeltà del mio gatto al brand *ai* brand era indiscutibile: Apple, Evian, Sheeba, Lenox... Aveva i suoi standard e non tollerava eccezioni.

«A volte non hanno quel che ci serve» spiegai con gentilezza. «Ma non preoccuparti: sarà Pringle a dover usare l'apparecchiatura. Tu non dovrai averci nulla a che fare.»

Il tigrato sospirò e si risedette in posizione comoda: «Allora è tutto a posto. Quel procione non merita nessun i-Aggeggio.»

Scoppiai a ridere. Crisi scongiurata. «Giusto!»

«Ora accendi la televisione, per favore?» chiese, scuotendo la coda con irritazione evidente.

«Sì, certo.» Accesi la TV sintonizzandola sul canale dei film, dove stavano trasmettendo *Harry ti presento Sally*, poi gli mandai un bacio con la mano prima di dirigermi alla porta: «Torno presto.»

«Hasta la vista, baby![1]» Abbassò la voce per farla suonare più profonda, ma non abbastanza da emulare Schwarzenegger in Terminator 2. Per fortuna riuscii a trattenere le risate finché non ebbi chiuso con cura la

---

1. In spagnolo nel testo originale.

portiera, pronta per recarmi al grande magazzino di articoli elettronici.

L'ultima volta c'ero andata per comprare un tracciatore GPS per Maple, la mia amica scoiattola. Mi ci ero recata anche in un'altra occasione, tempo prima, per comprare un Apple Watch per Gattavius, anche se, per quanto mi sforzassi, non riuscivo a ricordare perché mi servisse o che fine avesse fatto. Sapevo che il GPS di Maple era da qualche parte nel bosco: sicuramente la scoiattolina iperattiva lo aveva sotterrato, proprio come faceva con le noci o con i vasetti semivuoti di burro d'arachidi che le fornivo contro ogni buon senso.

«Ehi, io mi ricordo di lei!» Un commesso dal volto lentigginoso e i capelli ricci, con indosso una polo colorata, mi si avvicinò ridacchiando. Era lo stesso che mi aveva servita la prima volta che mi ero recata al negozio in cerca di equipaggiamento tecnologico spionistico per i miei animali.

«Il suo gatto ha apprezzato l'Apple Watch?» Face il gesto delle virgolette con le dita quando disse 'Apple', perché quella volta, in realtà, avevo comprato un prodotto di un'altra marca, facendoci appiccicare sopra il logo del brand preferito di Gattavius.

«Gli è piaciuto moltissimo, grazie.»

La seconda volta, invece, avevo avuto la fortuna di

non imbattermi in costui, riuscendo così a effettuare l'acquisto nel giro di pochi minuti. A quanto pareva, quel giorno non ero altrettanto fortunata.

«Vuole forse il nuovo MacBook Pro, o un iPad Air? O magari un Apple Watch per il suo cane, così fa *pendant* col gatto?»

«No, alla mia cagnolina non serve un Apple Watch» mormorai, facendolo ridere ancora più forte. Non sono una persona dall'indole violenta, ma gli avrei volentieri dato un pugno in faccia. Davvero gli sembrava una buona idea deridere i clienti a quel modo? Forse al suo capo sarebbe interessato esserne informato. Mmm.

Infine l'uomo si ricompose, si infilò le mani in tasca e si rivolse a me con espressione cordiale. Chissà che avesse deciso di rendersi utile, ora che si era fatto due risate. «Va bene. Cosa posso fare per lei?»

Gli rivolsi un sorriso vivace: «Mi servirebbe una telecamera GoPro con imbragatura.»

Altro fragoroso scoppio d'ilarità: «Oh, quindi il suo gatto è un fan di Apple, mentre il suo cane preferisce GoPro?» Riuscì a malapena a pronunciare quelle parole, tanto ansimava dal ridere.

«In realtà è per il mio procione, ma fa lo stesso.» Gli rivolsi un sorrisone, nel tentativo di spaventarlo:

pensava già che fossi pazza, quindi tanto valeva che mi divertissi un po'.

Invece si limitò a dire: «Lei è proprio strana, lo sa?»

«E lei non mi è di nessun aiuto, quindi suppongo che dovrò cavarmela da sola. Grazie tante!» gli gridai da sopra la spalla, mentre già mi allontanavo.

«Aspetti! Le GoPro sono da questa parte.» Mi superò, tagliando verso destra. «Serve una chiave per aprire l'espositore, quindi ha bisogno del mio aiuto.»

«Ok, ma sono di fretta.»

«Questioni urgenti nel mondo degli animali?» chiese con un'altra risata.

«Qualcosa del genere» risposi.

Pazienza. Poteva prendersi gioco di me finché voleva. Se fossi uscita da lì con telecamera e imbragatura, sarei comunque riuscita ad affrontare la giornata.

«Buona fortuna!» mi gridò dietro l'uomo, dopo avermi consegnato ciò che gli avevo chiesto. Già, mi serviva proprio un po' di fortuna—posto che il suo augurio fosse sincero. La prossima volta sarei andata in un altro negozio, a costo di doverci mettere il doppio del tempo per raggiungerlo.

Mentre mi avviavo alla cassa, feci un cenno con il pollice alzato all'antipatico commesso, rifiutando di guardarmi indietro o di aggiungere altro. Avevo problemi ben più gravi di cui occuparmi.

La nonna era sparita.

Mia madre, probabilmente, non sapeva di non essere davvero figlia di coloro che aveva sempre creduto fossero i suoi genitori.

Dovevo un favore non meglio specificato a un procione dall'etica assai discutibile.

E, per chiudere in bellezza, stavo per mettermi a spiare mia nonna nel tentativo di scoprire finalmente la verità...

14

l giro al negozio di elettronica era risultato, in realtà, molto più veloce del previsto. Quando giunsi a casa, Gattavius, seduto sul divano, stava guardando la scena finale del film, tirando rumorosamente su col naso.

«Oh, qualcuno qui si è appassionato alle storie d'amore?» lo presi in giro. Non aveva mai reagito a quel modo quando guardava *Law & Order*.

«Certo che no!» strillò, strofinandosi gli occhi per nascondere le lacrime di commozione. «Stavo ridendo. Già. Sono ancora qui che me la rido. *Quello che ha preso la signorina!* Esilarante!»

«Sì, sì, come no» dissi, trattenendo un sorriso. Anche se sapevo per certo che non aveva la minima idea di ciò a cui si riferiva davvero la famosa scena, per quella volta decisi di lasciar correre. L'ultima cosa di cui avevo bisogno era fare il discorsetto sulle api e i fiori al mio gatto sterilizzato. No, grazie!

Invece, mi concentrai sull'estrarre dalla confezione la nuova GoPro e impostarla, mentre Harry ballava con Sally alla festa di Capodanno e le diceva tutte le cose che amava di più di lei. Oh, che dolce! Ok, forse, a quel punto, anch'io ero un po' commossa.

Quando infine iniziarono a scorrere i titoli di coda, spensi la televisione e aprii la porta d'ingresso: «Vieni, Pringle! È il momento!»

Il procione entrò di corsa, pronto a entrare in azione, come se avesse passato tutto il tempo ad aspettare appena fuori dalla porta. Forse era proprio così.

Quando vide il nuovo accessorio che tenevo in mano, sussultò e si portò le zampette alla bocca, poi le riabbassò e gridò: «Oh, è così luccicante!» Poi mi circondò il polpaccio con le zampe e mi si arrampicò addosso fino alla spalla. Non lo aveva mai fatto, e non mi piaceva per niente. Anche se collaboravamo, non mi fidavo affatto di lui.

Fortunatamente, superai lo shock giusto in tempo per fermarlo, prima che mi strappasse di mano la telecamera e fuggisse con il nuovo oggetto dei suoi desideri.

«Smettila!» borbottai, agitando le braccia. «Scendimi subito di dosso!»

«La voglio!» rispose lui, rifiutandosi di mollare la presa.

«Calmati, ok? L'ho comprata per te, per la missione di oggi.»

«Dammela! Dammela! Dammela!» Scese finalmente a terra, dove prese a saltare su e giù, diventando più fastidioso a ogni secondo che passava.

«Dacci un taglio» intervenne Gattavius. «Lascia che Angela faccia il suo discorsetto. Poi te la darà.»

«Ah, quindi sono così prevedibile?» chiesi con una risatina. Non sapevo con esattezza perché stessi ridendo, ma probabilmente era per il sollievo di non avere più il grosso procione inerpicato addosso.

«Non soltanto tu, dolcezza» disse Pringle. «Vuoi umani siete tutti così. Siete creature sempliciotte.» Allargò le zampette e sospirò: «In ogni caso, procedi pure.»

Oh, questa sì che era buona! Il signor Non-sgarrare-di-un-secondo-sui-miei-orari e il signor Rubo-tutto-quello-che-vedo mi trovavano prevedibile.

Per di più, davvero Pringle osava prendersi gioco di me, dopo che l'avevo assunto e gli avevo promesso un favore non meglio precisato? Non era decisamente granché come servizio clienti. Gli andava bene che la sua azienda non fosse su Yelp, o avrebbe avuto pessime recensioni.

«Non hai mai sentito il detto 'il cliente ha sempre ragione'?» chiesi sbuffando.

«No. Chi mai direbbe una cosa del genere?» trillò Pringle con palese allegria. «Tanto per cominciare, spesso i clienti sono stupidi: per questo devono assumere qualcuno che li aiuti.»

Caspita. Un altro commento sarcastico sull'umanità da parte dello spione mascherato. Grazie al cielo, nessun altro essere umano riusciva a capire cosa dicesse.

In ogni caso, dovevamo procedere con la missione, quindi era ora che li rimettessi in riga: «Silenzio, e statemi a sentire!» strillai rivolta a entrambi.

Quando si zittirono, proseguii: «Gattavius, la prossima fase ti piacerà.»

Presi il cellulare dal tavolo e lo sbloccai per mostrargli la nuova app che avevo scaricato: «Pringle avrà addosso la telecamera, fissata con un'imbragatura; ciò che filmerà verrà riprodotto in streaming sul mio iPhone, così potrò vedere ciò che accade in tempo reale.»

«Ok, e quale sarebbe il mio ruolo in tutto

questo?» chiese il tigrato con un fremito di irritazione.

«Tu ti occuperai di due cose.» Sollevai e sventolai due dita; non ero certa che quei due sapessero contare, ma poco importava. «Per prima cosa, andrai con Pringle per tenerlo d'occhio e controllare che non prenda dalla stanza nessun oggetto che non abbia a che fare con il caso.»

«Ehi» gemette il procione. «Sembra quasi che non ti fidi di me.»

Alzai gli occhi al cielo e trassi un profondo respiro. A volte mi mancava lavorare con dei colleghi umani, come allo studio legale—umani cortesi e razionali. «Secondo, userai l'iPad per chiamami su FaceTime, così potrai commentare il video in tempo reale. Ti darei il mio telefono, ma credo che i tasti siano troppo piccoli perché tu riesca a schiacciarli con le zampe, e non voglio correre nessun rischio, quindi—»

«Aspetta, aspetta, aspetta» farfugliò Gattavius con occhi sgranati e bramosi. «Io userò l'iPad, e tu userai l'iPhone per vedere ciò che facciamo?»

«Esatto» risposi con un sorriso.

«È come se fosse Natale, il mio compleanno e Halloween in un solo giorno!» disse con enfasi, nella sua classica parlata cadenzata.

Annuii con forza e allungai una mano per accarezzargli la testolina: «Già. Divertente, vero? Ci divertiremo tutti! Sì! Pringle, posso sistemarti subito l'imbragatura, se sei pronto.»

Il procione afferrò la telecamera e se la rigirò più volte fra le zampette, poi mi fece l'occhiolino: «Questo è spionaggio di alto livello. Non pensavo che fossi così abile.»

«Beh, sono una persona piena di sorprese. Lo è anche la nonna, a quanto pare. Avete capito entrambi cosa dovete fare?» chiesi, posizionando l'imbragatura sul petto di Pringle per farmi un'idea su come regolare le cinghie.

Gatto e procione annuirono all'unisono.

«Gattavius, dov'è il tuo iPad?» chiesi mentre finivo di fissare l'imbragatura; poi sistemai la telecamera sulla schiena del procione e controllai l'app sul cellulare.

«Sul tavolo del soggiorno» ripose il tigrato. Mentre mi accompagnava a prenderlo, chiese: «Dimmi una cosa. Perché non vieni con noi?»

«Mi sembra una violazione troppo grande della privacy della nonna» ammisi.

«Ma vedrai comunque tutto dal filmato. Che differenza fa?» domandò, imperturbabile.

Mi strinsi nelle spalle: «Non lo so. È così e basta.»

Fortunatamente lasciò cadere l'argomento senza giocare a *Twenty Questions* sulle mie ragioni. «Mi sembra giusto.»

«Grazie per la comprensione.» Riaprii la porta di casa.

«Ok, Pringle, fai quello che devi fare. Arrampicati sul tetto, forza la finestra e torna a prendere l'iPad. Te lo lascio qui» dissi, appoggiandolo all'estremità del portico.

«Gattavius, tu vieni con me.» Il tigrato mi seguì su per le scale, fino alla biblioteca che utilizzavo anche come ufficio. Lì, aprii la grande finestra a bovindo, di modo che potesse sgattaiolare sul tetto.

«Aspetterò cinque minuti per darvi il tempo di entrare nella camera, poi ti chiamerò su FaceTime» gli gridai dietro. «Accertati di rispondere!»

«Ricevuto» disse il mio gatto, voltandosi per lanciarmi un'occhiata da sopra la spalla e rivolgendomi un sorriso gentile prima di sparire alla vista.

Era fatta. Avremmo trovato almeno qualcuna delle risposte che cercavamo... o avremmo esaurito i posti in cui cercare.

Purtroppo, se gli animali non fossero riusciti a scoprire nulla, non avrei avuto idea di come procedere. Sarei stata costretta a scegliere se rinunciare o costringere la nonna a un confronto diretto.

Povera me.

15

ecisi di uscire e sistemarmi sotto il portico, sia perché sapevo che lì la ricezione sarebbe stata migliore, sia perché avrei potuto avvistare subito la nonna, se avesse finalmente deciso di tornare a casa e affrontare di petto la situazione.

Dopo essermi messa comoda sui gradini, presi il cellulare e iniziai a guardare il filmato registrato dalla telecamera di Pringle. Vidi la sua espressione concentrata riflessa nel vetro della finestra mentre armeggiava per aprirla. Qualche istante dopo i suoi occhi luccicarono, quando riuscì ad aprirla abbastanza da consentire a Gattavius di sgusciare dentro; poi si voltò dall'altra parte, offrendomi una stupefacente vista panoramica del bosco che circondava il cortile sul retro.

Veloce come un lampo, comparve al mio fianco e prese l'iPad di Gattavius dal gradino d'ingresso. «Ecco fatto. Grazie mille.»

Pur con tutti i suoi difetti, il procione si stava dimostrando un ottimo complice, dotato di una gamma di capacità davvero notevoli. Inoltre, lasciare che fosse lui a fare il lavoro sporco al posto mio mi sgravava un bel po' la coscienza.

Lui, ovviamente, non aveva il minimo problema né a violare le regole, né ad arrampicarsi su per la casa con il tablet contro il petto, tenuto stretto da una zampetta nera e pelosa. Meno di un minuto dopo fu di ritorno alla finestra della camera da letto della nonna, la sollevò ancora un po' ed entrò nella stanza chiusa a chiave senza neanche un attimo di esitazione.

Era fatta. Eravamo davvero arrivati a tanto. Presi l'iPad e chiamai Gattavius su FaceTime.

Lui rispose dopo pochi squilli, il muso chinato sul dispositivo, offrendomi la stessa visione del doppio mento gattoso che mi svegliava ogni mattina se osavo attardarmi a letto oltre l'orario da lui stabilito per la colazione. «Badge? Non abbiamo bisogno di nessuno schifoso badge» mi informò.

Che cos'erano tutte quelle citazioni di film? Si prendeva almeno ancora il tempo per dormire o si limitava a riempirsi il cervello di ogni genere di informazione possibile?

«Ottimo lavoro» gli dissi, trovando adorabile il suo entusiasmo, nonostante tutto. «Tieni d'occhio Pringle e fammi la telecronaca mentre frugate nella stanza.»

«Sì, Angela. Ricordo bene il mio ruolo in questa faccenda» borbottò, sparendo alla vista.

Pringle aveva già raggiunto la cassettiera della nonna, e apriva a caso i cassetti. «Biancheria di pizzo!» strillò con una risatina. «Oh, nonna, chi l'avrebbe mai detto!»

«Piantala subito!» strillai a voce così alta che probabilmente mi avrebbero sentita anche senza FaceTime. «Sei alla ricerca di indizi. Nient'altro!»

«Apri questo, per favore» sentii dire a Gattavius. Poi rimasi a osservare mentre Pringle si avvicinava al punto in cui il mio gatto lo stava aspettando, vicino al comodino.

Il procione tirò il cassetto con tanta forza da farlo uscire dalle guide, e scoppiò a ridere quando quello cadde a terra. «È un vero spasso!» strillò.

Beh, a quel punto non ci sarebbe stato modo di nascondere il fatto che eravamo entrati in quella stanza, anche se, tecnicamente, io non ci avevo messo piede.

«Ehi, guarda! Ho trovato un pezzo di carta con su scritto qualcosa!» strillò il tigrato in preda all'eccitazione.

Pringle lo raggiunse e prese il foglietto, ma non riuscii a udire le parole mentre lo leggeva. «È solo una vecchia lista della spesa» disse infine, appallottolandolo e ributtandolo nel cassetto. Speravo che fosse proprio così e che non si fosse appena fatto sfuggire un importante pezzo del puzzle.

Forse avrei dovuto andare di sopra e dire a quei due di aprirmi la porta. Ma rimasi bloccata dov'ero, incapace di valicare quel confine invisibile.

«Abbi un po' di rispetto per le cose di mia nonna!» strillai, in un fiacco tentativo di avere un minimo di controllo sulla situazione.

«Perché?» chiese il procione con voce distratta, mentre continuava a camminare a grandi passi per la stanza. «Pensaci. Lei ha mostrato rispetto per te, nascondendoti una verità tanto importante proprio a un palmo dal naso?»

Accidenti a lui e alle sue argomentazioni razionali.

«In ogni caso» mormorai, «fai come ti dico.»

«Hai sentito la signorina!» soffiò Gattavius. «Vedi di comportarti in modo professionale.»

Oh, quanto amavo il mio gattino. La sua presenza era l'alternativa migliore al trovarmi lì di persona, ed ero orgogliosa di lui e di quanto fosse concentrato sulla missione.

I due investigatori pelosi continuarono a perlustrare la stanza per qualche tempo, senza però trovare niente di utile.

«Se nasconde qualcosa, non sarà in un posto ovvio» dissi, nel tentativo di aiutarli pur non trovandomi al centro dell'azione insieme a loro. «Il nascondiglio in soffitta era celato in modo ingegnoso. Forse ce n'è uno simile anche in camera sua.»

«Bella pensata» disse Pringle, avvicinandosi con passo pesante al battiscopa più vicino. Lo prese a calci e pugni senza alcun risultato: nessuna delle mattonelle si mosse.

«Ehi! Credo di aver trovato qualcosa!» gridò Gattavius dall'altro lato della stanza. Oh cielo. Era finalmente giunto il momento della verità?

«Arrivo!» gridò Pringle. La telecamera rimbalzava di qua e di là mentre lui si affrettava a raggiungere Gattavius, che se ne stava seduto sulla cassettiera—il primo posto in cui avevano cercato.

Proprio in quel momento il ronzio di un motore

mi avvertì dell'arrivo dell'auto sportiva rossa che percorreva il vialetto della tenuta.

La nonna era tornata a casa.

«Mammina, sono tornata!» strillò Cachemire dal finestrino aperto. Anche se ero felice di vederla, questo significava che non avevo tempo di avvertire i ragazzi.

«Cachemire! Nonna! Bentornate!» gridai, chiudendo sia il video sul cellulare che la chiamata su FaceTime. Speravo che i due animali, impegnati nell'operazione di spionaggio al piano di sopra, avessero sentito e capito che dovevano andarsene da lì in fretta e furia. Nessuno dei due era propriamente un campione a cogliere le implicazioni sottili.

La nonna parcheggiò in garage e io la raggiunsi di corsa prima che potesse sfuggirmi di nuovo. Forse sarebbe stata finalmente pronta a darmi delle risposte. Per lo meno, forse sarei riuscita a distrarla abbastanza a lungo da dare a Gattavius e Pringle il tempo di scappare.

«Mi sei mancata!» Cachemire saltò giù dall'auto e mi corse incontro, chiedendo con insistenza di essere presa in braccio.

Ero ben felice di assecondarla: «Mi sei mancata anche tu. Mi siete mancate entrambe.»

La nonna aveva l'aspetto di qualcuno che non ha

chiuso occhio per molto tempo. Forse non aveva dormito affatto mentre era stata via. Ciò nonostante, si sforzò di rivolgermi un sorrisino compassato. Ma la nonna che conoscevo non era mai stata compassata un solo istante in vita sua. Cosa le era successo? Perché stava venendo fuori tutto così di colpo proprio ora?

«Stai bene?» le chiesi con dolcezza.

Lei scosse il capo: «No. Proprio per niente.»

«Possiamo parlarne?» Allungai una mano e gliela appoggiai sulla spalla, ma lei si ritrasse.

La nonna fece un respiro profondo e si richiuse in se stessa. Non l'avevo mai vista così: sembrava invecchiata di colpo, distrutta, ed ero molto in pensiero per lei. Aveva gli occhi arrossati e pieni di lacrime. «Non avrei mai pensato di doverne parlare di nuovo, soprattutto non con te.»

«Sono qui, e ti voglio bene, a prescindere da tutto.»

Lei scosse tristemente il capo: «Cambierà tutto, Angie.»

«Lo ha già fatto» mormorai, cercando a mia volta di trattenere le lacrime.

La nonna distolse lo sguardo e mormorò: «Non ce la faccio.» Poi si fece largo per andare a rintanarsi in casa.

Sentii il senso di colpa stringermi il petto. Forse si trattava di un mistero che non avrebbe mai dovuto essere svelato. Forse avrei dovuto solo lasciar perdere e andare avanti con la mia vita, lasciando le cose come stavano, prima che Pringle mi mostrasse quella lettera.

Avrei voluto fare finta di niente, ma ormai ero andata troppo a fondo. Non era semplice curiosità: si trattava della mia vita.

Avevo bisogno di scoprire la verità.

16

opo che la nonna mi ebbe lasciata sola in garage, tornai a sedermi sotto il portico. A quanto pareva, di recente trascorrevo più tempo lì che non in casa.

Cachemire mi raggiunse a passo lento, scodinzolando come suo solito, ma in modo più cauto: «Cosa c'è che non va, mammina?»

Anche se la cagnolina non comunicava con la nonna a parole come faceva con me, mi sentivo comunque a disagio a dirle qualcosa di negativo sulla sua migliore amica, la donna che l'aveva salvata dal rifugio sovraffollato dandole una casa.

Dov'era la nonna ora? Si era di nuovo chiusa in camera sua? Si era accorta del pasticcio combinato dagli animali e sapeva che ero stata io a mandarli? Mi avrebbe mai perdonata? E io sarei mai riuscita a perdonare lei?

«Sono solo un po' triste» dissi infine all'empatica chihuahua.

«A volte anch'io mi sento triste» rispose lei, accovacciandomisi in grembo. «Sai cosa faccio allora? Decido di smettere di esserlo, e ricominciare a essere felice.»

Sorrisi e la grattai fra le orecchie: «È un'ottima soluzione, Cachemire. Ehi, tu e la nonna vi siete imbarcate in qualche bella avventura?»

L'avevo detto più per cambiare argomento che per avere informazioni sulla nonna, ma fu allora che mi resi conto che, se avessi posto le domande giuste, Cachemire avrebbe potuto fornirmi la soluzione del caso. Trascorreva con la nonna la maggior parte delle ore di veglia e dormiva nella sua stanza. Quanto prestava attenzione a ciò che accadeva? Quanto ne sapeva?

La cagnolina chiuse gli occhi e si girò a pancia in su per farsi accarezzare il ventre: «Il giro in macchina è stato super divertente e mi è piaciuto un sacco sentire tutti quegli odori nuovi, però avrei preferito che fossimo rimasti a casa tutti insieme.»

«Oh, so bene come ti senti. Dove siete andate voi due?» domandai, senza riuscire a trattenermi.

Lei aprì un occhio: «Non lo so di preciso. Era una piccola stanzetta, con un grande letto. Io e la nonna ci siamo fatte le coccole e ho dormito a lungo. Abbiamo anche guardato la TV. So che a Octavius piace, ma io trovo abbastanza noioso guardare cosa succede sul vetro di quella scatoletta. Preferisco essere io a fare le cose!»

«Un'altra osservazione molto acuta» dissi con un sorriso triste. A quanto pareva, la nonna aveva preferito rifugiarsi nella stanza di un motel piuttosto che parlare con me. Fantastico.

Sospirai e continuai ad accarezzare l'allegra cagnolina. Si fidava totalmente del prossimo, e con estrema naturalezza. Perché non potevo essere anch'io così? Senza dubbio, al momento era la più felice fra noi, e non perché l'ignoranza sia una benedizione. Cachemire era estremamente intelligente, ma in qualche modo riusciva lo stesso a mettere da parte tutti i suoi problemi e decidere, ogni giorno, di essere felice.

Ce ne restammo sedute a quel modo finché Pringle non comparve dal cortile laterale, precipitandosi su per i gradini. Non appena lo vide, Cachemire iniziò ad abbaiare furiosamente.

Saltò giù dal mio grembo e si mise in posizione da

guardia al mio fianco, gridando: «Mammina! Mammina! Quel brutto procione cattivo è tornato!»

Il suddetto procione mugugnò e scosse il capo: «Dobbiamo proprio fare tutta questa sceneggiata ogni cavolo di volta?» mi chiese sbuffando, esausto.

«Va tutto bene, Cachemire.» La presi in braccio e me la appoggiai in grembo.

«Cos'avete trovato, Pringle?»

La gattaiola emise un *bip*, e Gattavius uscì e ci raggiunse: «Che emozione!» esclamò. «Per un attimo ho davvero creduto che saremmo stati colti sul fatto.»

Pringle circondò il tigrato con una zampetta e sorrise: «Vieni con me, giovanotto. Ogni giorno è un'avventura!»

Risero entrambi.

Non andava affatto bene. Era bello che fossero riusciti a mettere da parte le loro divergenze per lavorare a questo caso, ma cosa sarebbe accaduto in seguito? Pringle non era esattamente un buon esempio per il tigrato, già di per sé tanto umorale.

«Posso vedere cos'avete trovato?» chiesi di nuovo, allungando una mano.

«Certamente.» Il procione mi porse una vecchia foto. Riconobbi immediatamente la nonna, seppur in versione molto più giovane, ma non avevo idea di chi fosse l'uomo al suo fianco, che sfoggiava un bel sorriso con tanto di fossette.

«L'abbiamo trovata infilata nella cornice dello specchio. Proprio in bella vista» mi informò Gattavius con un sorriso soddisfatto di sé che gli andava da un ciuffo di vibrisse all'altro.

«Avanti, girala!» mi esortò Pringle.

«Dorothy e William, estate 1968» lessi ad alta voce. Sussultai: «William? Si tratta di lui?»

Pringle annuì e fece spallucce: «Sembrerebbe di sì.»

Proprio in bella vista, come aveva detto Gattavius. Probabilmente avrei potuto notare quella foto decine di volte, se solo mi fossi fermata a esaminare con maggior attenzione il collage di foto ricordo che la nonna aveva infilato nella cornice dello specchio, appeso proprio sopra la cassettiera di camera sua.

«Si tengono per mano» sottolineò Gattavius. «Come fate sempre tu e Chuck il Ciuco.»

«Lei sembra molto presa da lui» dissi senza fiato, notando il modo in cui le brillavano gli occhi e il sorriso schivo che le affiorava alle labbra mentre lo guardava con espressione sognante. «Come se ne fosse innamorata.»

«Triste a dirsi, ma non sembra lo stesso per lui» puntualizzò Pringle. Aveva ragione: William aveva una postura rigida e lo sguardo perso in lontananza, anziché rivolto verso la nonna, che invece era in sua adorazione.

Gattavius si avvicinò e si sedette al mio fianco: «Ha ragione lui. Quando sei con Chuck il Ciuco, tu sei esattamente così.» Appoggiò il nasino sull'immagine della nonna. «Ma anche lui lo è. Questo tizio, invece, è felice, ma non è innamorato. Non come te e il Ciuco, o come Baby e Johnny. E nemmeno come Harry e Sally, e sappiamo tutti quanto fosse complicato il loro rapporto all'inizio.»

«Chi sono Harry e Sally?» chiese Cachemire, dando una leccatina di saluto al suo amico gatto.

Gattavius alzò gli occhi al cielo, ma con espressione affettuosa: «Mamma mia, ci sono un sacco di cose che devo insegnarti, cagnetta!» disse, come se gli eventi delle sue maratone cinematografiche facessero parte della vita reale. Mattacchione di un gatto!

Tornai a osservare la foto e mi acciglia.

Cosa nascondeva la nonna? Un cuore spezzato? La triste storia di un amore non corrisposto? Ma questo ancora non spiegava né la lettera, né il certificato di nascita. William aveva forse fatto leva sui sentimenti che lei provava nei suoi confronti per convincerla a fare qualcosa di orribile?

«Povera nonna» mormorai.

Cachemire uggiolò, anche se non ero certa che sapesse perché ero triste in quel momento.

Gli altri due animali rimasero in silenzio.

Restammo lì seduti per un po' mentre riflettevo sulla mossa successiva. Gli animali si erano rivelati di grande aiuto, ma mi serviva una seconda opinione—umana, questa volta.

«Telefono a Charles» li informai. Sì, Charles. Lui non era solo l'amore della mia vita: era anche la persona più intelligente e volenterosa che conoscessi. C'era un buon motivo se era diventato il socio senior più giovane di uno studio legale nella storia di Blueberry Bay.

Avevo paura di aver raggiunto un vicolo cieco, ma forse lui sarebbe riuscito a gettare una luce nuova sui segreti del passato della nostra famiglia.

Nel peggiore dei casi, avrebbe potuto darmi il sostegno di cui avevo disperatamente bisogno per trovare la forza per andare avanti.

17

Charles uscì prima dall'ufficio, di modo che potessimo trascorrere il resto del pomeriggio e la serata a riesaminare tutto ciò che avevo scoperto negli ultimi due giorni.

«Ero così preoccupato per te» disse, quando ci ritrovammo finalmente a farci le coccole sul suo rigido divano modulare. «Tua nonna si è decisa a parlarti di questa storia?»

Non me l'ero sentita di raccontargli tutto al telefono: preferivo farlo di persona, anche perché sapevo che non sarebbe riuscito a concedermi tutta la sua attenzione finché si fosse trovato in ufficio. «No, non mi ha detto niente di niente. Secondo Cachemire, hanno trascorso la notte in un motel.»

«Un motel!? Ma tua nonna ha un sacco di amici.

Perché non ha chiesto ospitalità a qualcuno di loro?» Charles non conosceva la nonna da molto tempo, ma perfino lui si rendeva conto di quanto fosse strana tutta quella situazione.

Affondai ancor di più fra le sue braccia: lì sarei stata al sicuro anche mentre il resto del mio mondo andava in frantumi. «Sono preoccupata per lei. Sembrava così diversa, oggi, quando è tornata. Come svuotata. Qualunque sia questo segreto, si tratta di qualcosa che le pesa moltissimo. Sinceramente, non so se sarà mai pronta a parlarne.»

Lui mi accarezzava la spalla con un movimento circolare leggero e rassicurante: «E a te va bene così?»

Chiusi gli occhi e ci ripensai per la milionesima volta da quando Pringle mi aveva consegnato la vecchia lettera. A prescindere dal punto di vista da cui provavo a guardare la situazione, la mia risposta rimaneva la stessa: «Vorrei che fosse così, ma non lo è. Ho bisogno di sapere.»

Charles annuì: «Capisco. Se fossi al tuo posto, anch'io preferirei sapere.» Ringraziai il cielo di avere un fidanzato così comprensivo. In più, non soltanto mi capiva: voleva anche aiutarmi.

Ricordandomi all'improvviso della nostra ultima scoperta, tirai fuori dalla borsa la foto di William e della nonna e gliela porsi: «Gli animali l'hanno trovata oggi in camera sua.»

Lui prese in mano la vecchia fotografia, ed entrambi osservammo i volti che ritraeva: «Il misterioso William, suppongo?»

Annuii: «Pringle e Gattavius l'hanno trovata affissa allo specchio della sua stanza.»

Lui fece una risatina e mi diede un bacio sulla tempia: «Quei due.»

«Già.» Quel pensiero mi strappò un sorrisino.

Charles si rizzò a sedere: «Quei due!» ripeté, questa volta con maggior enfasi. «Sono proprio una bella accoppiata. Perché non li porti qui?»

Lo fissai senza sbattere le palpebre, senza capire bene cosa volesse dire—o perché volesse invitare a casa sua il procione combinaguai.

Charles si alzò e mi afferrò entrambe le mani per tirarmi su: «Prima che la comprassi, questa casa apparteneva a tua nonna, che ci è vissuta per più di trent'anni. Se nascondesse ancora qualche vecchio segreto?»

L'ultimo, fioco lumicino di speranza che mi era rimasto si rafforzò di colpo: «Charles, è un'ottima idea! Grazie!»

«Penseremo dopo ai ringraziamenti. Ora andiamo

a prendere l'altra metà della squadra di ricerca e illustriamo loro il piano.»

Tornammo insieme a casa mia, dove recuperammo gatto e procione. Gattavius non era per nulla entusiasta all'idea del viaggio in auto, ma Pringle iniziò a saltare per la gioia quando scoprì che ci avrebbe accompagnati in un'avventura fuori casa— per di più, senza dover viaggiare da clandestino.

«Questa è la casa in cui sono cresciuta» gli dissi quando arrivammo.

Il procione storse il naso, come in presenza di un cattivo odore: «Tu e Charles siete cresciuti insieme, nella stessa casa? Non è un po'...?»

Il mio ragazzo scoppiò a ridere quando gli riferii i dubbi del procione: «Ora abito qui, ma fino a un paio d'anni fa vivevo in California. Sono cresciuto là, ed è il posto più lontano in cui si possa andare da qui senza uscire dagli Stati Uniti.»

Gattavius perlustrava la stanza, storcendo il naso per il disgusto: «Vorrei poter dire che mi piace come ha arredato questo posto, ma sarebbe una menzogna.»

«Cos'ha detto?» mi chiese Charles.

Un sorrisetto malvagio mi si dipinse sul volto: «Ha detto che non vede l'ora di salutare i suoi vecchi amici, Jacques e Jillianne» dissi, facendo riferimento ai gatti senza pelo di Charles. Non molto tempo prima, i due sphynx avevano svolto un ruolo fondamentale in un'indagine per omicidio, il che significava che avevamo trascorso un certo tempo in loro compagnia. Gattavius li trovava inquietanti e stancanti, soprattutto perché parlavano solo per indovinelli in rima.

«Questo non è affatto giusto» soffiò il tigrato; poi andò furtivamente a nascondersi sotto il tavolo della sala da pranzo. Decisi di lasciarlo in pace, anche se era ancora in bella vista. Come aveva già sottolineato, non era facile effettuare ricerche senza l'ausilio di dita e pollici opponibili, e non volevo costringerlo, con il solo risultato di renderlo frustrato e depresso per il resto della serata. Ci avrebbe aiutati se e quando avesse deciso di farlo.

«Beh, se non riusciamo a coinvolgere i gatti, saremo noi tre a dover cercare» riassunsi a beneficio di Charles. «Sei pronto, Pringle?»

Lui si sfregò le mani e si sporse in avanti: «Certo che sì, baby. Vado in cerca della soffitta. Ci vediamo dopo, belli.»

Entrambi lo guardammo sgattaiolare via. «Sai che ci sono buona probabilità che ti derubi, vero?»

Charles si strinse nelle spalle: «Sarà un prezzo modesto da pagare, se troviamo qualcosa di utile.»

«Da dove cominciamo?» chiesi. Anche se era il luogo in cui ero cresciuta, adesso era casa sua e mi impegnavo a rispettare questo fatto.

«Quando mi sono trasferito qui, c'erano ancora un paio di scatoloni in garage. Direi che potremmo iniziare da lì.»

Annuii e lo seguii all'esterno.

«Come ti senti?» mi chiese, davanti agli scatoloni che giacevano aperti ai nostri piedi.

«Non bene» ammisi con un sospiro, sempre più frustrata mentre rovistavo fra gli attrezzi da giardinaggio stipati all'interno.

«Non abbiamo la minima speranza» gemetti, raggomitolandomi sul pavimento del garage. «La nonna ha mantenuto segreta questa storia per quasi cinquant'anni. Perché mai mi sono messa in testa di poterla svelare ora?»

Charles si chinò su di me e mi sollevò il mento con la mano, in modo che potessimo guardarci negli occhi: «Perché tu sei Angie Forza-Della-Natura Russo, ecco perché. Sei la più intelligente, la più bella, la migliore, e ce la farai.»

Mi si allargò il cuore: «Charles, sei—aspetta!»

Gli angoli degli occhi gli si incresparono per la curiosità mentre mi osservava.

«Girati e guarda lassù. Proprio là!» strillai indicando le travi del soffitto. Lì, nascosta in un angolo, c'era una vecchia scatola polverosa. Col tempo, il cartone era sbiadito, assumendo lo stesso colore delle assi di legno che lo sostenevano, e rendendolo quasi impossibile da individuare se non si sapeva cosa si stava cercando. Beh, io l'avevo visto, e qualcosa mi diceva che conteneva informazioni importanti.

«Vado a prendere la scala» disse Charles, alzandosi in tutta fretta. «Tu mi terrai d'occhio mentre salgo.»

Dopo qualche tentativo, riuscimmo a estrarre la scatola dal suo nascondiglio e, con non poca fatica, a portarla giù e sistemarla sul pavimento del garage. All'interno trovammo un vero e proprio arsenale di ricordi: una vecchia felpa del college, progetti scolastici di ogni genere, un set di sculture di argilla fatte in casa e un album di fotografie.

«Bingo!» dissi, sospirando per la gioia, decisa a non perdere altro tempo prima di iniziare a sfogliarlo. Riconobbi i miei bisnonni e la nonna da bambina. Normalmente l'idea di vedere simili cimeli di famiglia mi avrebbe mandata in sollucchero, ma in quel momento avevamo una missione da compiere.

«Aspetta, guarda qui!» esclamò Charles, puntando l'indice su una pagina, prima che avessi il tempo di voltarla: indicava un giovane uomo con indosso un completo chiaro, davanti a una chiesa. Su un cartello alle sue spalle c'era scritto:

Messe di Pasqua
      Questa domenica
      h 8:00 – 10:00 – 18:00

«Lo riconosci?» mi chiese Charles sollevando il dito e puntandolo nuovamente verso la foto, in preda all'eccitazione.

Strizzai gli occhi per vederci meglio e finalmente notai le fossette dell'uomo sorridente. A quel punto non ebbi alcun dubbio: «È William McAllister.»

«E guarda il cartello» insistette Charles.

Quando lessi ad alta voce gli orari delle funzioni, lui scosse il capo e indicò un punto più in alto: «C'è il nome della chiesa. Qui» disse, senza smettere di indicare.

«Faith Baptist Church, Larkhaven, GA. Est. 1903» lessi. «Credi che esista ancora? Che potrebbero avere informazioni su William o sui suoi discendenti?»

Il sorriso di Charles si fece ancora più ampio: «C'è un solo modo per scoprirlo.»

18

Mi tremavano le mani mentre digitavo il numero che io e Charles avevamo trovato sul sito web della chiesa: esisteva ancora eccome! al servizio della cittadina di Larkhaven, Georgia.

Ma la gente che la frequentava ora si sarebbe ricordata di mia nonna e del suo William dopo così tanti anni?

Una parte di me sperava di sì, ma un'altra parte – preponderante – temeva ciò che avrebbero potuto rivelarmi. La lettera di William accennava a qualcosa di grave. Volevo davvero sapere se lui e la nonna erano stati coinvolti in qualcosa di orribile? E se la nonna fosse stata innocente, ma William l'avesse costretta? Forse lei voleva solo dimenticare, e io l'avevo obbligata a rievocare tutti quei terribili ricordi?

Charles era seduto così vicino a me che le nostre gambe erano premute l'una contro l'altra dall'anca al ginocchio: «Puoi farcela. Fai dei respiri profondi.»

«È il momento della verità» disse saggiamente Gattavius, dall'altro lato della stanza. Aveva trovato un punto in cui un raggio di sole filtrava tra le assicelle delle persiane, e ora lui e gli Sphynx se ne stavano sdraiati lì al calduccio, come piccoli leoni marini su una sottile sporgenza rocciosa.

«Ce la puoi fare» aggiunse il tigrato, facendo le fusa per darmi il suo sostegno.

Pringle non era ancora tornato dalla spedizione in soffitta, ma avevo tutto il supporto che mi serviva per affrontare il passo successivo. L'unica cosa che ancora mi tratteneva era la paura.

Ma avevo sfidato a viso aperto degli assassini ed ero sopravvissuta per raccontarlo. Si trattava solo di una telefonata... Come avrebbe potuto questo essere anche solo lontanamente peggio?

Finii di digitare il numero e attivai il vivavoce.

«First Baptist di Larkhaven» rispose una voce femminile dal tono vivace. Sembrava gentile, deside- rosa di aiutare/rendersi utile.

«Pronto?» ripeté, nel silenzio che si protrasse prima che riuscissi a dire chi ero e cosa volevo.

«Oh, salve. Mi chiamo Angie e sto facendo delle ricerche sulla mia famiglia. Mi chiedevo se poteste aiutarmi.» Mi morsi il labbro, in attesa.

«Sarò qui ancora per qualche ora oggi. Vuole passare, così ne parliamo di persona?» disse la donna.

Charles mi diede una strizzatina al ginocchio e mimò con le labbra: «Dai che ce la fai.»

Continuai a guardarlo mentre rispondevo alla donna all'altro capo della linea: «In realtà io non vivo nemmeno in Georgia e... beh, è una situazione un po' complicata, ma mi chiedevo se conoscete un uomo di nome William McAlister. Frequentava la vostra chiesa verso la fine degli anni Sessanta e credo che sia mio nonno, anche se non l'ho mai conosciuto.»

«Oh, cielo.» La donna trasse un profondo respiro, e il cuore prese a battermi forte. «Era prima che nascessi. Sono spiacente, ma non ho mai conosciuto nessun William McAllister.»

Un altro vicolo cieco. Accidenti.

«Ok, la ringraz—»

Ma, a quanto pareva, non aveva ancora concluso.

«Tuttavia, i McAllister vengono ancora a messa tutte le domeniche» proseguì. «Vuole che le dia il numero di telefono di qualcuno della famiglia?»

Charles fece un cenno di approvazione e annuì con entusiasmo. Mi rivolse un ampio sorriso, e non potei fare a meno di sorridergli anch'io.

«S-s-sì.» Incespicai su quell'unica, breve parolina che avrebbe dovuto essere facile da pronunciare, ma in quel momento era difficilissima. «Per favore.»

«Glielo cerco subito, mia cara. Attenda solo un istante.» La cortese segretaria tornò in linea un paio di minuti dopo e mi dettò un numero.

Charles lo scrisse in una nota sul suo cellulare mentre la donna lo ripeteva.

«Questo è il numero della signora Linda McAllister» continuò la donna. «È la più anziana della famiglia, quindi è quella che ha maggiori probabilità di ricordarsi di suo nonno. Buona fortuna!»

«Grazie. Mi è stata di grandissimo aiuto» dissi, sentendo le lacrime salire agli occhi.

Dopo esserci salutate, restai seduta in silenzio stringendo forte il telefono e piangendo a dirotto per il sollievo; Charles mi passò un braccio intorno alle spalle per confortarmi.

«La chiamerai?» chiese.

«Non lo so» mormorai, mordendomi nuovamente il labbro. «Preferirei che me ne parlasse la nonna, anziché doverlo scoprire da qualcun altro.»

«Forse. Ma lei non apre bocca» disse Pringle, di

ritorno dalla soffitta, sovraccarico di roba apparte-
nente Charles. «Non credi di meritare di sapere la
verità sulla tua vita?»

«Cos'ha detto?» chiese Charles, fissando il
procione con trepidazione.

«Che dovremmo fare quella telefonata» dissi
semplicemente. Era proprio da Pringle voler scoprire
tutti i segreti che poteva, anche a costo di esasperare i
problemi.

Charles annuì e tornò a guardarmi: «E cosa ne
pensa Gattavius?»

Il mio gatto si stiracchiò al sole, sbattendo lentamente le palpebre: «Gattavius ritiene che Angela sia
sufficientemente intelligente da poter prendere le
proprie decisioni da sola.» Era una delle cose più
belle che mi avesse mai detto.

«Ha detto che si tratta di una mia decisione»
riferii con un sorriso.

«Ed è giusto. E Jacques e Jillianne? Loro cosa
dicono?» chiese ancora Charles. Sapevo esattamente
cosa stava facendo e lo amavo per questo. Mi stava
dando il tempo di prendere la mia decisione,
mostrandomi che non c'erano opzioni giuste o
sbagliate.

Tuttavia, i due Sphynx erano stati stranamente
silenziosi per tutto il tempo. Anche in quel momento

fu Gattavius a parlare per loro.

«Questa storia è già di per sé un indovinello, quindi non hanno nulla da aggiungere. Sono carini quando se ne stanno zitti, non trovi? Buonanotte, amici.» Sbadigliò e si rotolò sulla schiena.

Scoppiai a ridere. «Non hanno un'opinione in merito» dissi a Charles.

Rise anche lui, stingendomi la mano: «E io che ho sempre pensato che fossero dei grandi intellettuali.»

«E tu che ne pensi?» chiesi, voltandomi verso di lui.

«Per una volta sono d'accordo con il gatto. Il tuo gatto. Solo tu puoi decidere qual è la cosa giusta da fare.» Premette le labbra sulle mie e per qualche istante mi abbandonai fra le sue braccia senza pensare a nulla.

«Non riesco a credere che abbia copiato la mia presa di posizione, utilizzato le mie stesse parole per fare... beh, *quello*» disse Gattavius con un brivido. «Ok, J&J, è stato bello» disse ai due felini senza pelo mentre si dirigeva fuori dal soggiorno. «Ma questo è il segnale che per me è giunto il momento di andare.»

«Fammi indovinare» disse Charles con una risata. «Pensa che siamo disgustosi e non vuole stare nei paraggi.»

«Già, ma se non altro stavolta non ti ha chiamato

Chuck il Ciuco. Sta facendo progressi!» Sospirai, felice. A prescindere da ciò che sarebbe accaduto, avevo ancora Charles, Gattavius, mia madre, mio padre e perfino la nonna. Niente doveva cambiare *per forza*. Avrei potuto scegliere cosa fare delle informazioni che avrei ottenuto, dopo averle ricevute. La mia vita era ancora la stessa e potevo viverla come desideravo.

Charles mi depose un bacio sui capelli, poi mi appoggiò una guancia sul capo. La sua voce rimbombò attraverso di me quando disse: «Allora, Angie, cosa farai?»

Trassi un profondo respiro, drizzai la schiena ed effettuai la chiamata che sapevo sarebbe stata necessaria per rimettere la mia vita in carreggiata.

Era quella la mia decisione, ed ero pronta ad affrontarne le conseguenze.

Forza e coraggio!

19

Qualche ora più tardi, ero seduta sotto il portico di casa mia, con una tazza di tè appena fatto che mi riscaldava le mani nell'aria fredda della notte. Me ne stavo appoggiata contro la ringhiera con le gambe ben distese davanti a me. Cachemire mi stava appallottolata in grembo, mentre Gattavius sonnecchiava, sdraiato al mio fianco.

Pringle si era già dileguato nei suoi appartamenti privati con i nuovi tesori che Charles gli aveva consentito di trafugare dalla soffitta. Anche lui era tornato a casa, in modo che potessi prendermi quel momento per me stessa.

«Grazie per aver accettato di parlarne» dissi all'anziana donna seduta sulla sedia a dondolo lì accanto, anche lei con una tazza di tè ben stretta fra le mani.

«Di niente, tesoro» rispose lei con un sorriso distante che sembrò assorbire tutta l'energia che le era rimasta. «Avrei dovuto parlartene molto tempo fa.»

Mi rigirai la tazza fra le mani, cercando le parole giuste per procedere con la conversazione. Mi sembrava che delle scuse fossero il modo migliore per iniziare: «Non avrei dovuto darti un ultimatum, ma...»

«Non dire altro.» La sua voce era dolce e rassicurante. «Non avrei dovuto spingerti a tanto. Grazie per avermi dato la possibilità di spiegarmi prima di parlarne con qualcun altro.»

«Nonna, non importa cos'è accaduto allora: niente può cancellare gli anni meravigliosi che abbiamo vissuto insieme. Come niente può cambiare il fatto che sei la persona che amo di più al mondo. Sei la mia migliore amica.»

Gattavius si mosse nel sonno, quanto bastava per protestare.

«Ok, tu e Gattavius siete i miei migliori amici» mi corressi con una risatina.

«Mostrami ciò che hai trovato» disse la nonna senza tergiversare oltre. Sapevo che era molto difficile per lei e, ancor di più, le ero grata del fatto che avesse deciso di affrontare quel disagio per darmi le risposte che desideravo con tutta me stessa.

Anziché telefonare al numero che mi aveva dato la volontaria della chiesa, avevo deciso di chiamare la nonna per raccontarle tutto, dicendole che avevo cercato delle risposte e che forse ne avevo trovate alcune, ma che avrei preferito mille volte parlarne prima con lei, se solo avesse accettato di farlo.

Lei mi aveva chiesto di concederle qualche ora per abituarsi all'idea, ma aveva detto che avremmo potuto parlarne in serata. Ora il momento era arrivato.

«Hai già visto la lettera e il certificato di nascita. Pringle se li è ripresi. Ma ho trovato anche queste due fotografie.» Appoggiai la tazza di tè al mio fianco e mi alzai con cautela, sollevando Cachemire fra le braccia.

«Ahh, William» disse la nonna, con gli occhi che scintillavano mentre si perdeva nei ricordi. Ma scintillavano di gioia? Non avrei saputo dirlo.

«Chi era lui per te?» chiesi, confusa per tutto ciò che sapevo, e per ciò che non sapevo ancora.

Lei gli accarezzo il volto nella foto con dita tremanti: «Siamo cresciuti insieme, era il mio migliore amico. Abbiamo fatto tutto insieme, come fratello e sorella, fino all'adolescenza. Poi, all'improvviso, il nostro rapporto è cambiato.»

«Ti sei innamorata di lui» conclusi al posto suo.

«Proprio così» ammise, scuotendo tristemente il capo. «E per un po' ho creduto che anche lui mi amasse. Ma poi è arrivata Marilyn Jones.»

«Il nome sul certificato di nascita.» Ricordavo bene quella prima sera, lì fuori, da sola, quando avevo letto quella lettera sconvolgente e visto per la prima volta il vero certificato di nascita di mia madre.

Lei annuì: «La tua vera nonna.»

«Non capisco. Cos'è accaduto?» Le appoggiai una mano sulla spalla per confortarla, ma anche per spingerla a proseguire. C'erano ancora così tante cose non dette.

«Non so cosa ne sia stato di Marilyn; so solo che William mi disse che se n'era andata e che lui sarebbe tornato in guerra. Era preoccupato per sua figlia, Laura. Tua madre. E aveva validi motivi per preoccuparsi, perché morì in battaglia quello stesso anno.»

Le lacrime mi bruciavano gli occhi; per l'amico che la nonna aveva perso, per il nonno che non avevo mai conosciuto. «Oh, nonna, mi dispiace così tanto!»

Lei tirò su col naso e mi sorrise: «Allora avevo già conosciuto tuo nonno e mi ero innamorata di lui. Adottammo legalmente tua madre e la crescemmo come se fosse nostra figlia, ma sempre con la paura che Marilyn ricomparisse e ce la portasse via. Per anni abbiamo vissuto guadandoci costantemente le spalle. Senza nasconderci, perché io ero sempre sotto i riflettori per via del mio lavoro, ma restando sempre all'erta.»

«Poi cos'è successo?»

Lei scosse il capo con forza, e io capii che avevamo raggiunto la parte più difficile della storia, i ricordi che si era sforzata con tutta se stessa di dimenticare.

«Quando tua madre aveva undici anni, Marilyn ci trovò. Si presentò a uno dei miei spettacoli e al termine venne a parlarmi. Mi disse che la sorella di William le aveva raccontato ciò che lui aveva fatto, e che rivoleva sua figlia.» Le lacrime caddero nel tè, ma non lo avrebbe comunque bevuto.

Avrei voluto consolarla, ma non riuscivo a muovermi. Cosa sarebbe potuto accadere? Quanto sarebbe stata diversa la vita di mia madre se...? E io sarei nata, in tal caso?

«Oh mio Dio, dopo tutti quegli anni? E voi cos'avete fatto?»

«Ho accettato di incontrarla il giorno dopo e di portare Laura con me.» Le si spezzò la voce. «Poi, io e tuo nonno abbiamo fatto le valigie in tutta fretta e abbiamo lasciato la città.»

«E siete venuti a Blueberry Bay» mormorai.

«E siamo venuti a Blueberry Bay» confermò lei.

«Che ne è stato di Marilyn?»

La nonna scosse di nuovo il capo con forza. Il tè traboccò dalla tazza, ma lei non parve nemmeno accorgersene. «Non lo so. Ce ne andammo lasciandoci tutto alle spalle per poter tenere unita la nostra famiglia. Tua madre biologicamente non è nostra figlia, ma per noi era come se lo fosse. E anche se non sapevo perché William avesse deciso di allontanarla dalla sua famiglia d'origine, mi fidavo del suo giudizio e sapevo che doveva avere delle buone ragioni.»

«Wow» esalai sconvolta. «Mamma lo sa?»

«Ovviamente no.» La voce della nonna vacillò. Era la prima volta che la vedevo così fragile. «Come faccio a dirle che l'ho portata via alla sua vera madre?»

Finalmente le mie gambe ripresero a funzionare. Tirai in piedi la nonna e l'abbracciai forte: «Tu non lo sapevi. Il tuo migliore amico ti ha chiesto di occupartene, e ti sei fidata di lui.»

«All'epoca, sì» mi bisbigliò fra i capelli. «Ma poi ho fatto una scelta, quando Marilyn ci ha trovati a New York: una scelta dettata dall'egoismo, che ha impedito a Laura di conoscere la sua vera madre e a te di conoscere la tua vera nonna.»

«Sei tu la mia vera nonna» dissi, stringendola ancora più forte. «Ti ho detto che niente può cambiare questo fatto. Nemmeno tutta questa storia.»

«Lo apprezzo molto, tesoro.» Si sciolse dall'abbraccio e mi osservò con un pallido sorriso e gli occhi che scintillavano: «A volte penso di essermi concessa di amare te ancora più profondamente di quanto abbia fatto con tua madre, perché sapevo che non sarebbe potuto arrivare nessuno a portarti via.»

Questo spiegava molte cose, incluso perché fosse stata principalmente lei ad allevarmi, anche se i miei genitori sarebbero stati in grado di cavarsela da soli. Qualunque fosse la ragione, la mia infanzia era stata felice e amavo la mia vita. Amavo la donna che aveva rischiato così tanto per donarmela.

Le diedi un bacio sulla guancia: «Mi sono goduta un mondo ogni singolo giorno trascorso con te, nonna. Beh, tranne quello in cui te ne sei andata in motel con Cachemire pur di non darmi spiegazioni.»

Ci sorridemmo, poi scoppiammo a ridere per la prima volta dopo quella che era sembrata un'eternità.

«Non mi odi?» chiese lei con voce strozzata.

«Non potrei mai odiarti.» Feci una pausa prima di

procedere, perché temevo che ciò che avrei detto dopo potesse ferirla. «Però vorrei conoscere Marilyn.»

Lei annuì: «Lo immaginavo.»

«Da dove iniziamo?» Avevo bisogno di saperne di più, ma anche di imbarcarmi in quell'impresa sapendo che lei sarebbe stata al mio fianco.

«Dal fatto che lo faremo insieme.» Allungò una mano per prendere la mia. «Ho passato troppi anni a fuggire dalla verità. Adesso, affrontiamola insieme.»

20

opodiché, tutto accadde con estrema rapidità.

La nonna mi mostrò tutte le vecchie foto e gli altri ricordi che aveva tenuto nascosti per paura che qualcuno venisse a sapere della sua infanzia in Georgia e del suo amore non corrisposto per il suo migliore amico. Ancora non sapevo perché William avesse deciso di affidare sua figlia alla nonna, nonostante la madre biologica fosse viva e vegeta. Credo che l'unica persona che avrebbe potuto rispondere a quella domanda fosse proprio Marilyn Jones, ma non sapevamo da dove iniziare a cercarla— né se fosse ancora viva dopo tanto tempo.

Pringle si prese tutto il merito per la soluzione del caso e decise che la sua tariffa sarebbe stata raddoppiata per la velocità con cui era riuscito a svelare il mistero. Pretese anche che il pagamento venisse effettuato entro tre giorni, o sarebbe raddoppiato ancora.

Cos'aveva chiesto? Una casa nuova, dato che avevamo danneggiato in modo irreparabile la sua tana sotto il portico con le vanghe. E poiché aveva deciso per il raddoppio, pretese anche che facessimo erigere una nuova sede per la sua agenzia investigativa, la *Pringle, il procione che parla con tutti*.

Per fortuna conoscevamo il miglior tuttofare di Blueberry Bay, Brock 'Cal' Calhoun. Questi non soltanto fece un ottimo lavoro in breve tempo, ma non pose nemmeno domande indiscrete—ad esempio perché una giovane donna e sua nonna necessitassero di non uno, non due, bensì tre fortini nel giardino sul retro, di cui uno dotato perfino di elettricità e parabola satellitare.

Quando Cal ebbe finito la costruzione dei tre fortini, e Pringle vi si fu trasferito, lo introdussi al mondo dei reality show, somma fonte di succosi segreti e veri drammi umani—o almeno, questo fu ciò che gli dissi.

Come previsto, il suo interesse fu subito attratto da uno dei programmi in onda da più tempo—il che significava che avrebbe avuto una marea di episodi arretrati da guardare. Si divertiva un mondo a deridere gli umani e le loro scarse capacità di adatta-mento per sopravvivere nella natura incontaminata.

«E li chiamano sopravvissuti!» sbottò dopo l'enne-sima ora trascorsa davanti al programma. «Ah! Mette-teci un procione e vedrete che aspetto ha un vero sopravvissuto!»

Pringle aveva già iniziato a trascorrere tutto il tempo davanti alla sua nuova TV; in questo modo, fortunatamente, si teneva fuori dai guai. Beh, almeno per il momento.

Con un colpo di genio, Gattavius aveva impie-gato poco a convincerlo a unirsi alla nostra agenzia investigativa, anziché continuare a farci concorrenza.

«Pensaci, Pringle» gli aveva detto il tigrato in tono allettante. «A te piacciono i segreti. D'ora in poi, tenere traccia dei nostri segreti sarà il tuo lavoro a tempo pieno. Ecco, sarà questo il tuo nuovo titolo: Pringle, MCS, Maestro Custode dei Segreti.»

«Oooh, è anche meglio di investigatore privato» aveva risposto il procione, deliziato. «Ha più lettere. Lettere più belle!»

In effetti, l'unica differenza rispetto a prima fu che spostammo l'archivio nel forte deputato a ufficio—quello che Pringle utilizzava più di rado. Se non altro, lì i documenti sarebbero stati ben protetti, considerata la ferocia con cui il nostro amico mascherato proteggeva i suoi tesori.

Quando ebbe finito di erigere i tre fortini, Cal riparò anche il buco nel tetto, in modo che nessun animale selvatico potesse più entrare in soffitta. Ci aiutò perfino a ripulire lo spazio sotto il portico, poi rinforzò la struttura con una solida base in pietra— anche questo per tenere alla larga gli animali selvatici. Non mi dispiaceva fare amicizia e stare in contatto con i miei vicini del bosco, ma dovevamo pur porre qualche limite.

Da parte sua, Julie fu estremamente sollevata nello scoprire che tutta la posta smarrita era stata ritrovata. I suoi capi lasciarono cadere le accuse, ma, in compenso, riempirono la città di volantini che esortavano la gente a guardarsi da animali selvatici molto intelligenti e altrettanto squilibrati.

La cosa mi fece morire dal ridere.

E fece morire dal ridere anche Pringle.

Quando ne portati a casa uno per farglielo vedere, me lo strappò di mano, deliziato, e si affrettò a fare un giro del vicinato per raccoglierne il più possibile, da aggiungere alla sua collezione di tesori. Non dubitavo che prima o poi li avrebbe utilizzati per realizzare sciatte gru di carta, posto che smettesse di guardare la

TV abbastanza a lungo da dedicarsi sul serio agli origami.

Anche se erano tutte ottime notizie, lo sviluppo più importante di tutti era ancora in attesa: io e la nonna dovevamo riunire la famiglia.

Ecco perché quel giorno avevamo invitato mia madre da noi.

La nonna aveva preparato tutti i suoi piatti preferiti, incoraggiandola a servirsi a sazietà, mentre le mostrava le vecchie foto e le raccontava del nostro passato, fino a quel momento mantenuto segreto. Nella sua magnanimità, Pringle ci aveva restituito la lettera di William e il certificato di nascita, di modo che potessimo mostrarglieli per cominciare il discorso.

«C'è ancora una cosa che non sappiamo» spiegai a mia madre, che stava affrontando la questione con grande forza d'animo. Supponevo che, in qualità di reporter investigativa, fosse abituata a storie fuori dall'ordinario come quella, anche se non sarebbe bastato a rendere la cosa più facile da vivere in prima persona.

«Non riesco a crederci. Ho un'altra madre da qualche parte» disse infine con un sorriso sincero. «Che tipo è?»

«Non posso dire di conoscerla davvero» spiegò la

nonna. «Ma era molto bella, proprio come te.» Mi diede un colpetto sul braccio: «E come te, tesoro.»

«Possiamo cercarla? Posso conoscerla?» chiese mia madre, con un bagliore determinato dello sguardo. Non si tirava mai indietro di fronte a una sfida, e quella volta non fece eccezione.

«Non mi arrenderò finché non l'avremo trovata» le promisi, prendendole la mano e stringendogliela forte. «Ma abbiamo un'intera famiglia da qualche parte. Una famiglia che non abbiamo ancora avuto la possibilità di conoscere.»

La nonna fece un respiro tremante, e io le sorrisi per rassicurarla, prima di rivolgermi nuovamente a mia madre e rivelarle: «Ho il loro numero. Pensi che dovremmo chiamarli?»

Raccontammo alla mamma dei McAllister di Larkhaven, Georgia, e di quanto mi avesse aiutata la volontaria della chiesa.

«Possiamo davvero chiamarli?» chiese lei. «Così, su due piedi?»

«C'è solo un modo per scoprirlo» disse la nonna, abbracciandoci entrambe.

«Sei sicura che a te stia bene?» chiese mia madre. «Dev'essere terribile, per te, rivivere tutto questo, tornare al passato.»

«Non è un ritorno al passato» disse la nonna con

un sorriso assorto. «È andare incontro al futuro insieme alle mie ragazze.»

Mia madre annuì, e io composi il numero di telefono memorizzato poco tempo prima, che chiamavo per la prima volta.

Il telefono squillò tre volte, poi...

«Pronto?» rispose una donna che, dalla voce, sembrava avere più o meno l'età di mia nonna.

«Parlo con Linda McAllister?» chiesi, fra lacrime di gioia. Sapevo già quale sarebbe stata la risposta alla mia domanda. «Perché penso che potremmo essere parenti.»

Anche se non si era aspettata la nostra chiamata, trascorremmo due ore a chiacchierare delle nostre vite, sentendoci sempre più vicine, finché non ci fu più alcun dubbio che, di fatto, eravamo una famiglia.

«Allora, quando verrete a trovarmi qui a Larkhaven?» chiese Linda.

«Presto» risposi con un sorriso smagliante. «Prestissimo.»

MOLLY E I SUOI LIBRI

CHI È MOLLY FITZ

Tecnicamente, la scrittrice e autrice di best-seller Molly Fitz non è in grado di parlare con gli animali. Questo però non le impedisce di avere conversazioni serie e molto animate con i suoi tre assistenti-scrittori felini.

Molly vive in una sperduta regione selvaggia dell'Alaska insieme a suo bambinə e lo zoo di famiglia. Di tanto in tanto, Molly si arrischia a uscire di casa, se c'è in vista un buon pranzetto o aroma di caffè... o, magari, per incontrare nuovi amici animali.

Scopri di più su Molly e sui suoi libri, e non dimenticarti di iscriverti alla newsletter su **www.rac-contimiciosi.com**.

UN DETECTIVE CON LE VIBRISSE

Angie Russo si è messa in società con il primo gatto parlante investigatore di Blueberry Bay, Gattavius, che, insieme alla sua banda un po' sgangherata di aiutanti animali e umani, risolverà ogni mistero... a patto che questo non interferisca con le sue abitudini. Comincia con il primo libro della serie, ***Il segreto del gatto***.

LE AVVENTURE MAGICHE DI MERLINO

Gracy Springs non è una maga... ma il suo gatto, sì! Adesso, però, Gracy deve mantenere il segreto, altrimenti rischia di passare il resto della vita in una prigione magica. Grossi guai sembrano attenderli a ogni passo. Comincia con il primo libro della serie, ***Merlino sceglie un famiglio***.

... E TANTE ALTRE NOVITÀ IN ARRIVO!

* * *

CONNETTITI CON MOLLY

Se sei alla ricerca di una community di lettori strava-
ganti, che amano gli animali tanto quanto i libri,
allora non c'è dubbio: saremo amici!

Segui **la mia pagina Facebook**: www.facebook.com/
raccontimiciosi

Iscriviti alla mia **newsletter** e riceverai un pacchetto
gratuito in formato digitale, tutte le ultime novità e
aggiornamenti e, nelle occasioni speciali, omaggi
pensati apposta per gli appassionati: www.raccontimi
ciosi.com/iscriviti